Rudolf von Gottschall

Gutenberg

Drama

Rudolf von Gottschall

Gutenberg
Drama

ISBN/EAN: 9783743629011

Hergestellt in Europa, USA, Kanada, Australien, Japan

Cover: Foto ©Andreas Hilbeck / pixelio.de

Weitere Bücher finden Sie auf **www.hansebooks.com**

Verlag der J. G. Cotta'schen Buchhandlung Nachfolger in Stuttgart.

Ebermann, Leo, Die Athenerin. Drama. 2. Aufl. Geh. M. 2.— Geb. M. 3.—
Fulda, L., Die Sklavin. Schauspiel. 2. Aufl. Geh M. 2.— Geb. M. 3.—
—,— Das verlorene Paradies. Schauspiel. Geh. M. 2.— Geb. M. 3.—
—,— Der Talisman. Dramat. Märchen. 14. Aufl. Geh. M. 2.— Geb. M. 3.—
—,— Die Kameraden. Lustspiel. 2. Auflage. Geh. M. 2.— Geb. M. 3.—
—,— Robinsons Eiland. Komödie. 2. Auflage. Geh. M. 2.— Geb. M. 3.—
—,— Sohn des Kalifen. Dramat. Märchen. 3. Aufl. Geh. M. 2.— Geb. M. 3.—
Gött, Emil, Verbotene Früchte. Lustspiel. Geh. M. 1.50. Geb. M. 2.50.
Gottschall, R. v., Gutenberg. Drama. Geh. M. 2.— Geb. M. 3.—
Hauptmann, Carl, Waldleute. Schauspiel. Geh. M. 2.— Geb. M. 3.—
Madách, E., Die Tragödie des Menschen. 3. Aufl. Geh. M. 3.— Geb. M. 4.—
Pohl, Emil, Vasantasena. Drama. 3. Auflage. Geh. M. 2.— Geb. M. 3.—
Presber, Rudolf, Der Schuß. Schauspiel. Geh. M. 2.— Geb. M. 3.—
—,— Der Vicomte. Komödie. Geh. M. 2.— Geb. M. 3.—
Rostand, E., Die Romantischen. Deutsch v. L. Fulda. Geh. M. 2.— Geb. M. 3.—
Sudermann, H. Sodoms Ende. Drama. 17. Aufl. Geh. M. 2.— Geb. M. 3.—
—,— Die Ehre. Schauspiel. 18. Auflage. Geh. M. 2.— Geb. M. 3.—
—,— Heimat. Schauspiel. 20. Auflage. Geh. M. 3.— Geb. M. 4.—
—,— Schmetterlingsschlacht. Komödie. 6. Aufl. Geh. M. 2.— Geb. M. 3.—
—,— Das Glück im Winkel. Schauspiel. 10. Aufl. Geh. M. 2.— Geb. M. 3.—
—,— Morituri: Teja. Fritzchen. Das Ewig-Männliche. 12. Auflage. Geh. M. 2.— Geb. M. 3.—
—,— Johannes. Tragödie. Geh. M. 3.— Geb. M. 4.—
Widmann, J. V., Jenseits von Gut und Böse. Geh. M. 2.— Geb. M. 3.—
Wilbrandt, A., Der Meister v. Palmyra. 6. Aufl. Geh. M. 3.— Geb. M. 4.—
—,— Die Eidgenossen. Schauspiel. Geh. M. 2.— Geb. M. 3.—

→† Zu beziehen durch die meisten Buchhandlungen. †←

Gutenberg.

Drama

von

Rudolf von Gottschall.

Stuttgart 1898.
Verlag der J. G. Cotta'schen Buchhandlung
Nachfolger.

Alle Rechte vorbehalten.

Druck der Union Deutsche Verlagsgesellschaft in Stuttgart.

Personen.

Kaiser Friedrich III.
Kurfürst Friedrich von der Pfalz.
Dymerstein, Bürgermeister von Mainz.
Graf Ludwig von Veldenz.
Dyma, seine Schwester.
von Wächtersbach, Rat des Kurfürsten von Mainz,
    Adolf von Nassau.
Behem, Kanzler des Reichs.
Gutenberg.
Else, seine Nichte und Pflegetochter.
Mendel,
Pfister,   } seine Gehilfen.
Berthold,
Nesser,
Fauft, Goldschmied.
Krückenstein, Ratsherr und Marktmeister.
Johann Lichtenberg, } Schreiber.
Sybold Iccius,
Ein Herold.
Fürsten und Herren, Vertreter der Städte auf dem Reichstag
Ratsherren von Mainz. Bürger und Bürgerinnen, Gäste von
    Fauft. Krieger und Ritter.

Ort und Zeit der Handlung: Mainz, 1462.

Erster Akt.

Scene: Platz vor dem Dom. Links das Rathaus, rechts das Wirtshaus Krückensteins, Tische und Bänke vor der Thüre. Im Hintergrunde das offene Portal der Domkirche.

Erster Auftritt.

Keffer, Berthold von Hanau, Johann Mendel, Albert Pfister (sitzen auf den Bänken und zechen). Krückenstein (geht auf und ab). Zwei Kiefer, zwei Kieferinnen.

Mendel.
Ein neues Glas... der Gutenberg soll leben!

Keffer, Berthold, Pfister.
Er lebe hoch!

Mendel.
Er wird zum Ratsherrn heut
Gewählt (zu Krückenstein). Wie kommt's, Marktmeister
Krückenstein;
Ihr seid ja auch vom Rat und wählt nicht mit?

Krückenstein.
Nur die Geschlechter wählen unter sich;
Wir Zünft'gen müssen heut beiseite stehn.

Doch Hans von Gutenberg ist wohl zu achten
Ein zünft'ger Meister von geheimer Zunft,
Die keine Fahne hat und keine Rechte,
Doch wackere Gesellen, denen gern
Ich einen Trunk in meinen Krügen reiche.

Berthold.

Das Bier ist gut — ich trink' es mit Behagen;
Sieht man den Meister an, die stattliche
Gestalt, die Leibesfülle, das Gesicht,
Das wie der Vollmond strahlt, so merkt man gleich,
Daß das Getränk von guter Wirkung ist.

Mendel.

Du brauchst es wahrlich nicht; denn du gedeihst
Ganz ohne solchen Zauber sichtbarlich.
Dir braucht der Krückenstein nichts vorzugeben;
Wer weiß, welch Faß zuerst die Reifen sprengt!

Berthold.

Dir merkt man's an, daß du ein Schreiber warst,
Du bist und bleibst ein Federkiel!

Krückenstein.

Gemach!
Es geht die Kunst mit euch durch dick und dünn,
Wir aber kennen nicht ihr Zauberwort...

Pfister.

Bei meinem lahmen Bein... Herr Krückenstein
Möcht' gern am Schleier zupfen, welcher noch
Der Welt das Werk verbirgt, an dem wir schaffen.
Doch keiner lüftet ihn so leicht... bei Gott!
Wär's nicht 'was Neues und Absonderliches,

Ein solches Tagwerk hätt' ich nicht gewählt,
Das an die Werkstatt mich als Sklaven fesselt.
Und doch ... verwünscht die Schlacht bei Pfedderstedt,
Die mich zum Krüppel machte. Böser Fritz,
Nichtswürd'ger Pfalzgraf, der die Mainzer schlug ...
Ein Pereat für dich!

Jeffer.

Nur sachte, Freund!
Wir zählen ihn nicht mehr zu unsern Feinden,
Er hat sich mit dem Erzbischof versöhnt!

Berthold.

Mit welchem? Ja, das goldne Mainz ist glücklich;
Denn um den Kurhut streiten sich zwei Fürsten,
Zwei Erzbischöfe. Doch du meinst den Diether,
Den jetzt sie abgesetzt, obschon das Land,
Der größte Teil der Geistlichkeit ihm treu ist.
Den andern aber, den Nassauer Adolf,
Beschützt der Papst und wie es scheint, der Kaiser.

Krückenstein.

Was kümmert's uns? Wir geben jenen Herrn
Den Namen nur für ihr kurfürstlich Amt
Und für den Bischofsitz, auf dem sie thronen.
Doch unser Mainz ist eine freie Stadt
Und keinem Scepter unterthan ... sie mühen
Ja beide sich um einen Bund mit uns.
Ich aber sag': die Thore zugesperrt
Dem einen wie dem andern; nur Verderben
Bringt fremdes Kriegsvolk in die heim'sche Stadt.
Ein Hoch dem freien Mainz!

Alle.
          Es lebe hoch!
Mendel.
Ein frisches Glas... Marktmeister Krückenstein!
O Ihr versteht Euch aufs Geschäft... recht viel
Begeisterung... das macht den Keller leer
Und Eure Taschen voll. Das freie Mainz
Mag heute leben, morgen Kurfürst Diether
Und übermorgen der Nassauer — alles
Geschäft — und schachert heut nicht alle Welt,
Der Kaiser und der Papst? Ein braver Bürger
Und wack'rer Ratsherr darf da guten Muts
Auch seinen Vorteil wahren.
Pfister.
          Sieh, da kommen
Die Schreiber... ein verjess'nes Volk... gebückt,
Gebuckt und doch gebläht von Stolz und Hochmut.
Mit scheelen Blicken schauen sie auf uns;
Wir blasen ihre Federn in die Lüfte.

Zweiter Auftritt.

Sybold Iccius, Johann Lichtenberg. Vorige.
Iccius.
Hier dieser Tisch ist frei!
Lichtenberg.
          Doch ist die Luft
Nicht rein genug für unsereins, es riecht
Nach schwarzer Kunst!

Pfister.
O mit Verlaub, ihr Herrn!
Nach schwarzer Kunst ... so nehmt euch wohl in acht,
Daß euch der Teufel nicht am Kragen packt!
Ich, Albrecht Pfister, steh' in seinem Dienst
Und werde solchen Auftrag gern besorgen.
Lichtenberg.
Nehmt euch in acht, ihr seid ein Häuflein nur.
Wenn wir vom Rat und aus der Kanzelei
Der Domherrn uns zusammenthun, da würdet
Ihr bald die Lust verlieren, wie die Hähne
Euch auf dem Mist gemeiner Kunst zu blähn;
Denn das Geheime, sieht man näher hin,
Ist sicher nur gemein.

(Mendel, Berthold, Pfister, Keffer springen auf.)

Mendel.
Das sollt Ihr büßen!

(Krückenstein dazwischen tretend.)

Pfister.
Laßt uns!

Krückenstein.
Gemach, Raufhändel duld' ich nicht!
Marktmeister bin ich, muß auf Ordnung sehn,
Und wär' ich's nicht, so bin ich doch der Wirt,
Der seiner Schenkstatt guten Ruf bewahrt.

Mendel.
Wir dulden's nicht, daß die verhockten Burschen
Uns schmähn.

Iccius.
Ein Ueberläufer bist du, Mendel!
Einst warst du einer von den Unsrigen!
Ihr wollt uns Brot uns bringen — weiter nichts —
Um unsern ehrlichen Verdienst.

Lichtenberg. Wir wissen
Das eine nur — was wir mit saurem Schweiß
In schlummerlosen Nächten vor uns bringen —
Ihr förbert's hundertmal in kürz'rer Zeit
Zu Tag — doch wie? Es ist ein geistlos Werk!
Wir kennen nicht die Griffe und die Kniffe,
Nicht das Gezeug, das eurem Wink gehorcht,
Doch ist's ein Handwerk nur, wie wenn der Weber
Mit seinem Fuß die Fäden schießen läßt,
Und eins ist wie das andre! Doch bei uns —
Da hat ein jedes seinen eignen Schick.
O welch ein Schwung der Striche und des Schnörkel,
Hat nur die Seele Schwung der Schreibenden!
Wie zierlich reiht ein Wort sich an das andre,
Gefügt von der kunstfert'gen Hand — und gar
Die Initialen — welch ein Schöpfergeist
Gehört dazu, das rechte Bild zu finden,
Das dem Kapitel seine Deutung gibt,
Buchstaben auszurecken zu Gestalten,
Daß sie ein andres sind und doch dieselben.
Ja, das ist Kunst — da spiegelt sich der Mann
Und hat am eignen Schaffen seine Freude!

Mendel.
Fürwahr, ein kindisches Vergnügen ist's,

Die Bogen mit Gekritzel zu bemalen.
Das ist der alte Schneckengang von gestern;
Doch uns gehört das Morgen — wartet nur!
Die Zeit hat Eile; doch ihr kommt nicht nach!

Pfister.

Und wenn Ihr so hoffärt'ge Reden führt —
Bei meinem lahmen Bein — wir sind nicht zahm
Genug, mit euren Federn euch zu kitzeln.
Ich bin Soldat — und weiß Bescheid mit Waffen,
Und alles wird zur Waffe mir — ein Tisch,
Ein Stuhlbein selbst!

Ircius, Lichtenberg.

Ihr wagt es!

Berthold.

Kommt heran!

(Sie sind inzwischen aufgestanden, der Streit hat sich in die Mitte
der Bühne hingezogen.)

Krückenstein.

Ich ruf' die Wache, wenn Ihr Händel sucht!

(Gesang von Frauen und Mädchen hinter der Scene.)

Mendel.

Was gibt's?

Krückenstein.

Das wißt Ihr nicht? der Todestag
Des Dichters Frauenlob ist heut: alljährlich
Ziehn unsre Fraun und Mädchen nach dem Dom,
Das Grab des großen Sängers zu bekränzen;
Er ist der Stolz, die Zierde unsrer Stadt!

Mendel.
Ja, das ist wahr! Man preist das goldne Mainz,
Wenn man den Sänger preist!

Lichtenberg.
Ich war beglückt,
Wenn ich die schönen Lieder schreiben konnte.

Brückenstein.
Da seht Ihr, wie ein Dichter Eintracht stiftet.
Vergeßt den Streit und freut euch insgesamt,
Die Söhne dieser stolzen Stadt zu sein.

Dritter Auftritt.

Musik eröffnet den Zug.

Elsa (einen Lorbeerkranz in der Hand), Frauen und Mädchen, ein Lied von Frauenlob singend, treten vorn von links auf, vor dem Rathause und begeben sich über die Bühne nach dem Dom, in dessen Portal sie eintreten. Sobald der Zug in die Kirche gekommen ist, hört der Gesang auf und die Orgel fällt ein, bald darauf Faust, Vorige.

Mendel.
Gewiß, schön waren jene Fraun und Mädchen,
Die einst zu Grab den Dichter Frauenlob
Getragen, doch nicht minder schön sind diese;
Es ist die duft'ge Blüte unsrer Stadt,
Und unser heimatlicher Sänger durfte
An diesem Duft sich wonniglich berauschen,
Eh' er das Lob der deutschen Frauen sang.
Denn wie am Rhein die besten Weine wachsen,
So auch die schönsten Fraun —

Berthold.
Du kennst sie nicht
Wie ich — ich kenne ihre Huld und Gunst!
Solch dürr Gespenst wie du muß abseits stehn
Und wird der Schönheit Blume nimmer kosten!

Mendel.
Du dicker Tapps mit deiner Prahlerei!
Wer deine Heldenthaten künden will,
Der kann nur von verlornen Schlachten melden.
Ein Bierfaß kollert in die Kemenate,
Da reißt die Schönheit aus! — Stoßt an mit mir,
Aufs Wohl der Mainzerinnen!

(Außer Krückenstein ziehen sich die andern weiter an ihre Tische zurück, wo sie mit den Gläsern anstoßen.)

Faust (von links rasch eintretend).
Seh' ich recht?
Marktmeister Krückenstein — Ihr kennt mich noch?

Krückenstein.
Wohl, Meister Faust — seid Ihr von langer Reise
Zurückgekehrt?

Faust.
Ich hab' mich umgesehn
Im Böhmerland, im Land Italia,
Im fernen Osten auch, bei fremden Völkern;
Nicht bloß gesehn, was hell vor Augen liegt,
Auch was sie schaffen an geheimer Stätte,
Was in den Geistern gärt ... davon erzähl'
Ich Euch ein andres Mal! ... Ihr saht den Zug?

Krückenstein.
Gewiß!

Fauſt.
Am Dietmarkt blieb ich ſtaunend ſtehn.
Wie hat in dieſen dumpfen engen Gaſſen
So reiche Schönheit ihren Kelch erſchloſſen!
Der Sultan fegte ſeinen Harem aus,
Würf' ſeine Odalisken in das Meer,
Säh' er ſo köſtlichen Erſatz. Doch eine,
Die erſte mein' ich, die den Lorbeer trug,
So zart und lieblich war ſie, ſo entzückend,
Als hätte Hauch und Duft der Frühlingsblumen
Geſtalt gewonnen — ſprecht, wer iſt das Mädchen?

Krückenſtein.
Die Nichte Gutenbergs — die ſchöne Elſe!
So nennt man ſie, obſchon ſie ſelten nur
Dem Volk ſich zeigt!

Fauſt.
Die Nichte Gutenbergs?
Ich weiß genug! Ich kenn' den Hof, in welchem
Der Junker horſtet, reich an großen Plänen,
Doch arm an Geld!

Krückenſtein.
Sie iſt ſein Pflegekind!

Fauſt.
Er wird ſie nicht in Gold und Silber faſſen;
Doch ſie verdiente jeden höchſten Schmuck;
Denn was von Wundern in der Erde funkelt,
Wird von ſo wunderbarem Reiz verdunkelt.

Krückenſtein.
Ei, ei, noch ſtets der alte Feuergeiſt,
So zogt Ihr fort, ſo kehrt Ihr jetzt zurück!

Fauſt.

Ich hab' die Welt geſehn, die Welt genoſſen,
Doch blieb mir unerſättlich Geiſt und Herz!
Mir rauſcht das alte Lied des Rheines Woge
Wie jene, die an ferne Küſten ſchlägt.
Ob unter Palmen, unter Terebinthen,
Ob unterm Buchendach des Niederwaldes:
O, zum Genuß geſchaffen iſt die Welt.
Wir ſchlürfen ihren Rauſch in vollen Zügen
Das Schöne ſoll nicht bloß dem Aug' genügen;
Erſt wenn ſich's ganz zu eigen uns gegeben,
Erſchließt ſich uns ſein tiefgeheimſtes Leben!

Krückenſtein.

Und Eure Werkſtatt —

Fauſt.

War in guter Hut,
Der Peter Zell hat ſorgſam ſie bewacht,
Was das Gewerk betrifft — das andre, Tief're,
Das mußte ruhn, bis ich zurügekehrt.

Krückenſtein.

Ihr meint —

Fauſt.

Es war der Väter altes Erbe,
Das Gold zu formen mit gefäll'ger Kunſt,
Der Edelſteine funkelndes Geſchmeide
Zu ordnen, daß es Aug' und Herz entzückt;
Doch iſt's ein Handwerk nur wie alle andern; —
Das Gold zu ſchaffen ziemt dem freien Geiſt,
Der in die Tiefen der Natur gedrungen.

Danach hab' ich gestrebt; jetzt gab die Weisheit
Des Morgenlands mir einen neuen Schlüssel,
Und das Geheimnis wird sich mir erschließen.
Genug davon, das ist nicht für den Markt;
Die Menge kann ja nichts als rabebrechen;
Propheten nur mit Feuerzungen sprechen. —
Die Nichte Gutenbergs, sagt Ihr? Ich will
Mich dort im Dom an ihrem Anblick laben.
Armsel'ger Meister Frauenlob — dich trugen
Die Fraun zu Grab — das ist ein trostlos Glück,
Wovon du nichts verspürt in deinem Sarg.
Mich aber sollen sie durchs Leben tragen.
Die Frauen zu besingen — welche Thorheit!
Man liebt sie und besitzt sie und vergißt sie!
Mit Vers und Reim und allen Dichtergaben
Erreicht man nichts, als daß sie — uns begraben.

Vierter Auftritt.

Ewald von Wächtersbach (links aus dem Rathaus kommend).
Vorige.

Wächtersbach (für sich).

Wie trotzig übermütig diese Ratsherrn!
Ha, Faust, ich freute mich, nach langer Zeit
In meinem Haus Euch wieder zu begrüßen.
Doch meine Nichte Dyma traft Ihr nicht,
Jetzt ist sie heimgekehrt von einem Ausflug
Ins Rheingau, vom Besuche ihres Bruders,
Des schwarzen Herzogs — sie erwartet Euch!

Fauſt.
Grüßt Eure Nichte! Treu gedacht' ich ihrer;
Viel Schönes bracht' ich aus dem Oſten mit;
Ich werde nicht verſäumen, ihr zu huld'gen.
Jetzt eil' ich in den Dom, mit anzuſehn
Wie einen toten Dichter ſie bekränzen.
Zu ſpät bezahlt man ſtets die alten Schulden
Und Thoren ſind's, die ſich ſo lang geduldeu.
(Ab nach dem Dom, in deſſen Portal er eintritt.)

Wächtersbach.
Ihr ſeid vom Rat, Marktmeiſter Krückenſtein,
Und doch beklag' ich mich bei Euch! Mir ward
Von Eurem Rat kein freundlicher Empfang!
Vollzählig war er nicht — es hatten nur
Die Herrn von den Geſchlechtern ſich verſammelt,
Da's eine Wahl aus ihrer Mitte galt!
Doch hörten ſie mich an; der neue Ratsherr,
Der Gutenberger ſprach zuerſt.

Krückenſtein.
                Ihr kamt
Mit einem Auftrag vom Kurfürſten Adolf?
Der iſt einmal den Mainzern nicht genehm.

Wächtersbach.
Doch wie die Stadt ſich ſträuben mag — die Rechte
Der geiſtlich=weltlichen Gewalt ſind oft
Genug ſelbſt von den Bürgern anerkannt,
Mein gnäd'ger Herr — und Eurer, Krückenſtein
Verlangt, wo er befehlen könnte, nur
Gutwillig Einverſtändnis mit den Bürgern,

Ein Bündnis nur mit dieser guten Stadt:
Sie soll die Thore seinen Truppen öffnen.
Krückenstein.
Das wird sie nicht — Erzbischof Diether kann
Von uns dasselbe fordern und wir mischen
Uns in den Kurstreit nicht.
Wächtersbach.
Der ist entschieden!
Adolf von Nassau ist von Papst und Kaiser
Als Erzbischof und Kurfürst anerkannt,
Gewählt vom Domkapitel — und der andre,
Diether von Isenburg, ist abgesetzt,
In Bann gethan — und wenn sich auch um ihn
Die ungetreuen Haufen sammeln, wenn
Der böse Pfalzgraf seinen Arm ihm leiht
Und Krieg des Rheinlands schöne Gaun verwüstet —
So darf doch nimmer diese Stadt ihm huld'gen;
Denn sonst verfällt sie selbst dem Bann und lautlos
Wird Eures Doms metallne Zunge schweigen
Und stumm St. Stephans Turm von seinem Hügel
Auf die gebannte Stadt herniedersehn.
Ich habe das dem Rat erklärt — umsonst!
Sie weigern sich . . . die einen zeigten sich
Sogar dem Isenburger zugethan;
Die andern . . . und vor allen Gutenberg,
Der eben erst in dies Gewand geschlüpft,
Aus dessen Aermeln er im Uebermut
So kecke Reden schüttelt, trotzen auf
Das Recht der freien Stadt, die nicht einmal

Des Kaisers Krone über sich erkenne,
Nichts als den blauen Himmel.

Krückenstein.
     Und so seid
Ihr abgefunden?

Wächtersbach.
    Wohl für heut und morgen;
Doch eure Thür und Mauern mögen zittern,
Naht einst der Kurfürst, Rechenschaft zu fordern,
(leise) Doch hört mich, Krückenstein! Ich weiß es sicher,
Er ist den Zünften hold, und wird den Platz
Im Rat, den mit den Waffen ihr erkämpft,
Euch sichern, ja in seinem Schutze werdet
Ihr die Geschlechter immer mehr verdrängen,
Die sich des Vorrechts angemaßt.

Krückenstein.
      Ihr meint...

Wächtersbach.
Verkündet dies den zünft'gen Ratsgenossen,
Vorsichtig, insgeheim...

Krückenstein.
    Das läßt sich hören.

Wächtersbach.
Habt Ihr die Wahrheit, habt Ihr auch das Recht!
Dann stehn an Eurem Himmel gnadenreich
Auch Sonn' und Mond, der Kaiser und der Papst
Und gut und böses Wetter kommt von ihnen.

Krückenstein.
Noch immer drückt uns der Geschlechter Hochmut;

Erwägen läßt sich dies und auch besprechen;
Uneinig kämpfen die Gedanken mir,
Das klärt sich erst im Zwiegespräch mit andern.
Wächtersbach.
So sei's — und bringt die Botschaft mir ins Haus!
Ich scheide jetzt — ich sehe Gutenberg
Mit andern Ratsherrn kommen. Was Ihr thut,
Vergißt mein gnäd'ger Herr Euch nicht — Ihr wißt,
Er hat die Macht zu lohnen und zu strafen.
(Ab nach rechts.)

Fünfter Auftritt.
Gutenberg, von Dymerstein, Ratsherren. Vorige.
Als die Ratsherren auf der Treppe des Rathauses erscheinen, springen Keffer, Berthold, Menbel und Pfister auf mit dem Rufe:

Hoch Gutenberg!
Volk, das gleichzeitig aus dem Dom hervorgetreten ist:
Hoch Gutenberg!
Gutenberg.
Ihr grüßt
Das neue Mitglied Eures Rats — ich danke
Von Herzen für den Gruß! Der freien Stadt
Hab' ich gelobt, ein treuer Hort zu sein,
Ob auch Gefahren drohn von allen Seiten.
Ich wiederhol' es hier der Bürgerschaft:
Der prächt'ge Strom, der unsre Schiffe trägt,
Soll nimmer eine fremde Flagge grüßen,
Die ihren Mast entehrt; die Türm' und Mauern,
Die sich in seinen Fluten spiegeln, sollen

Sich nimmer beugen feindlicher Gewalt,
Die räuberisch an seinen Ufern haust
Mit Schwert und Kreuz, die wechselnd sich befehden.
Hier herrsche ems'ge Arbeit, schlichter Fleiß
Und ein'ger Sinn — doch klopft der Feind ans Thor,
Dann greift die Hand zur Wehr in kühner That,
Wetteifernd mit dem müß'gen Rittertum,
Das Werk zu schützen, das sie selbst geschaffen!

Bürger.

Hoch Gutenberg!

Dymerstein (zu Gutenberg).

Saht Ihr den Wächtersbach
Im Zwiegespräch mit dem Marktmeister flüstern?

Gutenberg.

Der Krückenstein ist kein Verräter.

Dymerstein (zu den andern Ratsherren).

Laßt
Uns achtsam sein, ihr Herrn! Es darf hier niemand
Die eignen Wege gehn — bedrohlich ist
Die Lage unsrer Stadt, doch günstig auch
Dem klugen Sinn, der sich bald rechts, bald links
Die kämpfenden Gewalten dienstbar macht.
Ein einz'ger Feind — das ist ein schwierig Ding,
Ist ungefüg auch für die feinste Kunst,
Die gern ihn modeln möchte nach Belieben.
Zwei Feinde — das ist besser; oft gelingt's,
Den einen mit dem andern zu verhetzen.
Das wollen wir erwägen! Kommt, ihr Herrn!

Ich hab' ein Mahl gerüstet und der Wein
Von unsern Bergen schärft uns Zung' und Urteil.

(Während Gutenberg sich mit Dymerstein und den andern Rats=
herren zum Abgang wendet, eilen K e f f e r, B e r t h o l d, M e n d e l
und P f i s t e r auf ihn zu.)

Keffer.
Herr, unsern Glückwunsch! Laßt die Hand Euch schütteln!

Mendel.
Und meinen auch!

Berthold, Pfister.
Und auch die unsrigen!

Gutenberg.
Ich dank' Euch, Werkgenossen! Auf dem Markt
Spricht nur der Ratsherr; Ort und Zeit ist's nicht,
Hier auch der stillen Arbeit zu gedenken;
Doch dieser Händedruck schließt alle Wünsche
Für das Gedeihen unseres Werkes ein.

Sechster Auftritt.

Else und Mädchen und Frauen aus dem Dom, Vorige.
(Else erblickt Gutenberg und tritt hervor ihn umarmend.)

Else.
Mein lieber Ohm!

Gutenberg.
Wie, so gerührt, mein Kind?

Else.
Als ich den Lorbeer auf das Grab gelegt,
Da war es mir, als ob der Sänger sich
Erhöbe mit der Leier in der Hand,

Mir freundlich lächelnd, wie zum Dank für das,
Was ich gethan. Des Doms Gewölbe hallten
Zurück die Lieder, die er sinnend sang,
Und wonnig griff ihr Ton mir an das Herz,
Bis schmetternder Posaune Klang, der Orgel
Gewalt in diesen stillen Frieden brach,
Den Ruhm verkündend, der des Dichters Namen
In alle Zukunft trägt!

Gutenberg.
Den Namen wohl,
Doch nicht sein Lied! Nur wen'gen ist's vergönnt,
Vom alten Pergament es abzulesen.
(Leise zu Else.)
Du kennst mein Werk! Hab' ich's zu End' geführt,
So wird dereinst dem Dichterwort gesichert
Die Unvergänglichkeit bei allem Volke!
Zugänglich jedem Aug' und jedem Geist,
Und schöner als mit Blumen schmück' ich dann
Des Sängers Grab; die Stimme leih' ich ihm,
Die ihm ein tausendfaches Echo weckt.
O bete, Else, daß mein Werk gelinge!

Else.
Ich bete Tag und Nacht darum, mein Ohm!

Gutenberg.
Mögst du darauf die frommen Hände legen;
Denn Heil der Welt bringt eines Kindes Segen!
(Glockengeläute, die Orgel setzt ein, Gruppe.)
Der Vorhang fällt.

Zweiter Akt.

Scene: Ein altertümlich ausgestattetes Gemach, rechts ein vorspringender Söller, im Hintergrunde ein offener Altan mit dem Blick auf den Rhein.

Erster Auftritt.

Dyma. Wächtersbach.

Dyma.
Sie haben's abgelehnt?

Wächtersbach.
Einstimmig, ja!

Dyma.
Aufsässig Volk... viel' Köpfe, doch kein Kopf!
Seh' ich ein solch Gewühl von Menschenleibern,
Mit meinem Rappen sprengt' ich gern hinein
In diese blöde, dumpfe, stumpfe Masse.
Wie nun, was wollt Ihr thun?

Wächtersbach.
Noch einmal mit
Dem ersten Bürgermeister es versuchen.

Wenn sie beisammen sind, da schwitzen sie
Aus allen Poren nichts als Tugend aus
Und Wohl des Volks und Unbestechlichkeit;
Doch faßt man näher seinen Mann ins Auge
Bei einsamer Begegnung, hat das alles
Ganz andres Aussehen und ein kluges Wort
Geht nicht so leicht verloren. Eigenhändig
Schrieb unser Kurfürst an den Dymerstein,
Und hat den Brief in meine Hand gelegt;
Doch wag' ich kaum —

Dyma.
Gebt mir den Brief, mein Onkel!
Ihr wißt, daß ich im Hause dort verkehre;
Die Bürgermeisterin fühlt sich geehrt,
Wenn sie an Bas' und Muhm' berichten kann,
Daß solch ein vornehm adeliges Blut
Wie Gräfin Veldenz ihr Gesellschaft leistet,
Ihr Silberzeug bewundert, auf ihr Wohl
Aus altehrwürdigen Pokalen trinkt.
Das hebt ihr Ansehn bei der ganzen Sippe.
Doch das nur nebenbei — viel wicht'ger ist,
Daß ihr Gemahl, der ja die Herde führt,
Sehr gern in dieser Dyma Augen blickt,
Sehr gern auf ihre Worte hört! Ich will
Mit meiner Rede Schmeichelkunst ihn fangen...

Wächtersbach.
Wohl denn... hier ist der Brief!

Dyma.
Und meine Waffe

Ist gut im Stande — Onkel, meint Ihr nicht?
Die Augen blank und glänzend, kampfbereit
Und um die Lippen ein gefährlich Lächeln,
Das in den Hinterhalt die Feinde lockt!
Wächtersbach.
Du bist ein ungezähmtes wildes Mädchen,
Wild, wie dein Bruder ist, der schwarze Herzog;
Doch deine Art ist allzu leidenschaftlich
Für schlaue Sendung, wohlerwogne Pläne.
Pyma.
O fürchtet nichts! Beherrschen kann ich mich,
Dafür bin ich ein Weib! Mein Bruder schlägt
Ans Schwert und rasselt mit dem schwarzen Harnisch;
Tobsüchtig ist er, ein gereizter Stier —
Ich flüstre, wie ein Hauch in Blumen flüstert:
Und sei's ein Todeshauch, man merkt es nicht,
Wenn er die Pest von seinen Schwingen schüttelt.
Wächtersbach.
Ich will dir gern vertraun... doch wichtig ist
Die Botschaft auch für mich, mein eigen Amt.
Pyma.
Der Kurfürst darf Euch nicht des Amts entsetzen,
Die Velbenz halten über Euch den Schild!
Wächtersbach.
Ich hab' ein andres Spiel noch in den Händen,
Ein Gegenspiel! Den zünft'gen Ratgenossen
Zeig' ich ein lockend Ziel, erhöhte Macht,
Wenn sie den Bund mit unserm Erzbischof
Und seinen Freunden schließen.

Dyma.
                        Das gefällt
Mir nicht ... die Zünfte? Ihre Fahnen waren
Schon oft genug die Fahnen der Rebellen
Und unser Kurfürst muß sie niederhalten,
Ja niedertreten, wenn sie frech sich regen.
Er wird es thun — er ist von altem Stamm
Und hohen Sinns und starr und mitleidlos.
Er geht den graden Weg — ihn kümmert's nicht,
Wenn der Ameisen fleißiges Gewühl
Und ihre winz'ge Arbeit er zertritt.
            Wächtersbach.
Weit ist's noch vom Versprechen zum Gewähren,
Und was man heut gewährt, das bindet nicht
Und bürgt nicht für den nächsten Tag — man darf
Dem Volk nur keine leeren Hände zeigen.
Doch wohl ... ich will an meine Arbeit gehn,
Bericht abstatten meinem gnäd'gen Herrn.
Noch eins — ich sah den Faust!
            Dyma.
                        Nun!
            Wächtersbach.
                                Gestern hat
Er dich verfehlt, heut will er wiederkommen.
Er ist ganz unverändert — nur die Sonne
Der fernen Länder hat ein tiefres Dunkel
In sein Gesicht gebrannt!
            Dyma.
                    Bei Gott, ich hoffe,
Er ist noch unverändert! Weh ihm sonst!

Wächtersbach.

Ist's eine Laune nicht, den Mann zu lieben,
Der so zur Schau ein düstres Wesen trägt,
Vor dem die Menge sich bekreuzt? Er hat
Die Lampe Aladins — so glauben viele;
Geheimnisvolle Schätze sind ihm eigen.
Doch ist's ein Spuk nur, dem der Pöbel traut.
Wie aber kann ein schönes Weib wie du
Sein Herz an diesen Geisterbanner hängen,
Der nicht des Lebens heitre Freuden kennt?
Hat dich sein feurig dunkles Aug' verhext,
Die dunkle Weisheit des beredten Mundes?

Pyma.

Sein Auge — Ihr habt recht! Als ich zuerst
In seinen Laden trat, da sah ich nicht
Den Glanz der Kronen und der Halsgeschmeide,
Sein Auge nur! Es hatte mich gebannt —
Ich mußte wiederkehren ... und ich kaufte
Ein Armband heut und morgen einen Ring,
Von bunten Edelsteinen funkelnd — immer
Beredter wurden Wort und Blick; er kam
Zu mir — und öfter als Ihr selbst gewünscht ...
Wir hatten uns gefunden.

Wächtersbach.

              Und die Ritter
Und Grafen, welche um dich warben?

Pyma.

                                 Pah,
Ich hab' nicht Lust, im Käfig einer Burg

Wie ein gefangner Vogel festzusitzen
Und einzurosten mit den Gitterstäben.
Ich lieb' die Freiheit — in der Freiheit gibt
Es Treue auch; sie zu verbürgen braucht
Es keines Priesters Wort und die gebrochne
Zu strafen keines Richters Spruch — der Schwur
Von Mund zu Mund, von Haupt zu Haupt die Rache!

Wächtersbach.

Ich rechte nicht mit deinen Launen, Dyma;
Ich weiß, erlaubt ist viel in euren Kreisen,
Und Unerlaubtes preisen selbst die Sänger.
Doch meine Gattin ist beschränkten Sinnes,
In bürgerlicher Sitte aufgewachsen,
Und sie verlangt von ihren Gästen auch,
Daß sie die hergebrachten Schranken wahren.
Drum, Dyma, Vorsicht! Nimmer möcht' ich mit
So lieber Vetterschaft mich überwerfen.
Der Schein regiert die Welt — ein Zipfelchen
Von ihm genügt, die Wahrheit zu verbergen,
Und sei sie ein verbotnes Glück!

(Ab.)

Dyma.

Nein, nein!
Das ist der Schwäche Art und nicht die meine!
Sie sollen ins Gesicht mir leuchten können;
Mit keiner Miene werd' ich zucken ... nein!
Mir klopft das Herz — ein ganzes Jahr verging,
Seit ich ihn nicht gesehn ... nur flücht'ge Zeilen
Schrieb seine Hand mir aus der Ferne, doch

In jedem Wort der Puls der Leidenschaft;
Er ist der Meine noch, er muß es sein!

Zweiter Auftritt.
Faust. Dyma.

Geliebte!

Faust!

Faust.

Dyma.

Faust.
So lang versäumtes Glück
Halt' ich im Arm mit doppeltem Entzücken;
Du sahst die Gaben, die ich dir geschickt?

Dyma.
Von Smyrna Tepp'che, Spiegel von Venedig,
Geschliffne Gläser aus dem Böhmerland;
Doch erst der Geber macht die Gaben wert,
Und daß er mein gedacht, bei jedem Schritt
Im fernen Land! O, Faust, in meinen Träumen
Sah ich ins Auge dir, lag hingegeben
In deinem Arm!

Faust.
Mir sprach das Meer von dir
Im Osten, brachte brandend ferne Grüße
An heil'ge Küsten — dort, wo in den Wüsten
Die Oede unermeßlich mich umfing,
Wo satt der ungeheuren Langeweile

Der Mensch im Traum sich seine Götter schuf
Da trat mit einem feurigen Erinnern
Dein farbenglänzend Bild in meine Seele:
Sein Widerschein verzauberte die Wildnis.

Dyma.

Und keine andern Bilder — lüge nicht!
Die Odalisken dort im Reich der Sphinxe,
Mit Rätseln, die so leicht zu lösen sind,
Die mit verschämter Bitte locken zu
Schamlosem Thun — und dann im Land Italia
Die Frauen, die vor ihren Heil'genbildern
Als ungemalte Heil'ge knien — Madonnen
In ihrem Aussehn, doch in ihrem Herzen
Verstockte, unbußfert'ge Sünderinnen,
Die aus den schwarzen Gondeln in Venedig
Herniederlocken in die schwimmenden Särge,
Die auf der ew'gen Roma Trümmern wandeln,
Wie fleischgewordne Gemmen, Götterbilder
Auf üpp'gem Leib — am Fuße des Vesuv
Die Asche trauernd nicht aufs Haupt sich streuen,
Nein, wie sein Krater Glut und Flammen sprühn:
Du sahst sie alle, alle — und es hätte
In Liebe keine dich verstrickt?

Faust.

So seid
Ihr Fraun! Ihr trotzt der Meinung einer Welt,
Und doch — der eigne Wahn hält euch gefangen.

Dyma.

Der eigne Wahn!

Fauſt.

Thörichte Eiferſucht,
Die alle Meer' und Länder überſpringt!
Die Gegenwart iſt euer — das genügt!

Dyma.

Du meinſt —

Fauſt.

Ich meine, daß ihr unſre Freiheit
So ſchätzen ſollt, wie ihr die eure ſchätzt!
Ein großer Blumengarten iſt die Welt;
Es blüht darin ein mannigfach Entzücken!
Und wer zu Haus die Blum' ins Glas geſtellt,
Der ſollte keine andre Blumen pflücken?

Dyma.

Ha, Ungetreuer — noch ein Wort wie dies...

Fauſt.

Und deiner Augen Zornesfeuer zeigt mir
Die Glut der Leidenſchaft, die dich beſeelt,
Die mich entzückt! In dieſem Augenblick
Iſt alle Schönheit dieſer Erde mir
Gemalter Tand... ich fühl' nur dich, nur dich —

Dyma.

Das iſt nicht Heuchelei, iſt Lüge nicht
Und doch —

Fauſt.

Will ich im Geiſt die Welt umfaſſen,
So mußt du auch dem Herzen Freiheit laſſen.

Pyma.

Ich will dich fesseln, halten immerdar,
Du willst mich auf die Probe stellen, Faust!
Nicht ernstgemeint kann deine Rede sein.

Faust.

Wozu dies Grübeln? Das ist nicht die Zeit;
Denn Liebe hat mit Weisheit nichts gemein,
Und all ihr Thun ist sel'ger Unverstand.
Ich grüble, brüte sonst bei Tag und Nacht,
Um der Natur Geheimnis zu ergründen.

Pyma.

Nun, und wieviel gelang dir?

Faust.

      Zweifle nicht!
Ich bin ihr auf der Spur, der guten Alten,
Der Mutter alles Lebens; was sie schafft
In ihrer Blindheit, kann der Menschen Geist
Allsehend wie er ist, auch schaffen! Wäre
Nicht sonst die Gabe der Vernunft ein Hohn?

Pyma.

Und rechtes Gold willst du in deinen Tiegeln
Bereiten!

Faust.

  Echtes Gold!

Pyma.

      O, das ist Zauber,
O das ist Macht; ist königliche Macht!

Wohlfeil sind Kronen dann und Diademe,
Mit denen man die Purpurpuppen schmückt.
O Faust ... ein Goldpalast, und goldne Zügel
Den schäumend wilden Rappen angelegt,
Auf denen wir hinein ins Leben stürmen!
Wir selber aber frei und zügellos,
Wir kennen ein Gebot nur und das heißt:
Die Welt beherrschen und die Welt verachten!

Faust.

So sei's!

Pyma.

O wie die Kunde mich berückt!
Das ist kein Goldgewölk der Kinderträume;
Auf goldnem Throne sitzen wir und schöpfen
Aus einem Strom, der nimmermehr versiegt,
Die Pracht und Herrlichkeit der Erdentage.
O laß vorweg im trunknen Rausch uns schwelgen;
Doch hier ist alles freudlos, tot und nüchtern,
Des Hauses Herrin trägt den Schlüsselbund
Der Tugend — und sie sperrt die Freude ab!
Doch langes Sehnen, das die Tag' und Wochen
Und Monde zählte — am erreichten Ziel
Läßt's die Geduld, den müden Vogel, fliegen,
Und jeder Pulsschlag stürmt dem süßen Raub
Entzückter Augenblicke zu!

Faust.

Ich komme,
Wohin du mich auch rufen magst.

Dyma.

Wohl denn,
Heut abend in der Beguinenklause —
Und meine Freundin giebt den Schlüssel mir,
Indes sie selbst zur Kirche geht!

Fauſt.

Wie damals...

Dyma.

Dazwischen liegt ein Jahr, doch heut wie damals.

Fauſt.

Frei denkst du, denk' auch groß! Auf Wiedersehn!
Ich will dich fragen, wenn wir glücklich sind:
Liebst du mich selber oder dich in mir?
Ist jenes Liebe — dies ist Eifersucht;
Nein, nein! Der Odem glühnder Leidenschaft
Verzehrt was kleinlich ist in uns; sie lehrt
Die Welt beherrschen und die Welt verachten!
(Ab.)

Dyma.

Das ist ein Mann — die andern alle sind
Nur Schalen ohne Kern — er hat den Geist,
In dem der Geist des großen Alls sich spiegelt,
Und blinde Spiegel sind die andern nur!
Doch wie sein Geist, so spottet auch sein Herz
Der Schranken — nimmermehr! Ganz sei er mein;
Sonst wächst mein Haß so groß wie meine Liebe
Und ich zertrümm're, was den Weg mir kreuzt!

Dritter Auftritt.

Ludwig von Velbenz. Dyma.

Ludwig.
Da bin ich, Schwester!

Dyma.
Und im Harnisch, Bruder?

Wer ließ dich ein?

Ludwig.
Ich bin ja ganz allein,
Kein Kriegsvolk bring' ich mit — und da dies Mainz
Ja auf zwei Achseln trägt, kann ich getrost
In dieser guten alten Stadt mich zeigen.
Zwei Burgen stürmt' ich für den Nassauer;
Da gilt's des Krieges Beute zu verjubeln.
Doch schmale Kost ist draußen in den Lagern;
Hier lebt sich's gut; denn diese Krämer haben
Das ganze Fett des Landes abgeschöpft,
Und wenn nur einer kommt, der gut bezahlt,
Was er verzehrt, so ist er gern gesehn
Und wär' er selbst ein Feind — an jeder Thür
Grüßt ihn ein Bückling statt geballter Faust.
Ich habe Durst und Hunger, volle Taschen.
Ei, Schwesterlein, wie geht es dir? Du weilst
Mir allzulange bei den Pfeffersäcken;
Ich komme dich auf unsre Burg zu holen!

Dyma.
Doch mir gefällt es hier!

Ludwig.
Unmöglich, Kind!

Es thut nicht gut, so lang im Sumpf zu weilen,
Das spritzt so an, man wird's nicht wieder los.
Und das Gequak der Frösche muß zuletzt
Auch ein geduldig Ohr ermüden ... komm!
Mein Knappe hält ein zweites Roß bereit ...

Pyma.

Ich folge nicht!

Ludwig.

Du Königin der Jagden,
Was willst du hier, wo's nichts zu jagen giebt,
Als alte Juden, die der Pöbel hetzt?
Ich gönn' mir etwas Waffenruhe jetzt
Und werde dich begleiten! Laß uns folgen
Des Edelhirsches Fährten in den Wäldern;
Ein andermal läßt du den Falken steigen!
Der Donnersberg hat seine Freude dran
Und wirft die Wolkenkappe in die Luft,
Sieht er dich wieder, seine holde Fee,
Der seine Wälder rauschen ... du zu Roß,
Den Falken in der Hand. Ich bin dein Bruder,
Doch sagen muß ich's, daß ein schön'res Weib
Als dich ...

Pyma.

Du schmeichelst, das ist neu, gleichviel!
Und bin ich schön, so laß mich hier — ich kämpfe
Mit meinen Waffen für das Rittertum.
Und diese Bürgerfraun und Bürgermädchen,
Die Schönen, welche diese Gasse preist
Und jene, die sich in den Kirchen blähn,

Sie sollen vor der Edelfrau sich beugen.
Und mir behagt's, den bunten Kram zu sehn,
Das Possenspiel des Markts, den Stolz der Reichen,
Der Armut Kniefall vor dem goldnen Kalb,
Die Frauen, die, mit üpp'gem Prunk behangen,
So wie Kamele unter Lasten traben,
Den Streit der Zünfte und Patrizier,
Die beide aus demselben Schlamm geboren,
Dem städt'schen Kehricht, der Gemeines zeugt;
Und wenn mich dies ergötzt, zerstreut, warum
Mir nicht die Lust an solchem Schauspiel gönnen?

Ludwig.
So hör' mich, Dyma! Nicht so harmlos ist
Das alles wie du glaubst; denn Züchtigung
Verdient der Bürger Stolz, die ihres Herrn
Gebot verachten; unser Kurfürst ist
Ihr Herr — und ein Gewitter braut bei uns
Und wenn sich's über dieser Stadt entläbt,
Dann bist du sicher nicht und leicht zu spät
Kann meine Warnung kommen!

Dyma.
      Dies wird alles
Sich friedlich lösen — unser Onkel hat
Ja einen Brief Adolfs von Nassau an
Den ersten Bürgermeister dieser Stadt;
Wer weiß, was er verhandelt und verheißt;
Ich selbst will diesen Brief ihm übergeben.

Ludwig.
Mit solchen Schlichen ist nicht viel gethan!

Ein Federfuchser legt den andern lahm.
Nur lustig mit den Schwertern dreingeschlagen —
Die beste Antwort ist's auf alle Fragen.
So kommst du nicht?

Jgma.
Ich bleibe!

Ludwig.
Schwesterlein,
Ich glaube fast, du hast dein Herz verankert
An irgend einem bürgerlichen Pflock!
Warum denn weisest alle du zurück,
Die um dich werben, auch den Lichtenberger,
Der jung und schön, ein echter Ritter ist,
Den Veringen, den besten meiner Freunde?
Laß mich's nicht glauben, denn ich schwöre dir,
Ich zünd' das Haus ihm überm Kopfe an,
Dem Unverschämten aus gemeinem Stand,
Der's wagt, zu dir das Auge zu erheben.

Jgma.
Er wagt es nur, wenn ich es ihm gestatte!
Und wenn mein Aug' auf ihm in Liebe ruht.
Ich kann erheben, wen ich will und mag,
Und mich erniedrigt's nicht!

Ludwig.
Du willst wohl gar
Ins Haus mir einen Schwager bringen, welcher
Die Säcke häuft auf seinem Krahn am Rhein
Und jungen Wein, der in den Tonnen gärt,

Auf seine Schiffe ladet? Nimmermehr —
Der Onkel Wächterbach soll Wache halten
Und lieber dich in eine Klause sperren,
Bis du die blöde Thorheit abgebetet!

Hyma.

Du drohst mir mit Gewalt? O schwarzer Herzog —
Ich bin gepanzert so wie du und zwar
Von Kopf zu Fuß! Du hast den Bruderkuß
Verwirkt ... ich hing an dir — es thut mir weh!
Wir sind ja elternlos und ganz allein,
Und waren immer wie die Turteltauben.
Gemeinsam gingen wir verbotne Wege,
Gemeinsam sprengten wir durch Forst und Feld
Und über alle Gräben, alle Hecken.
Du hast das Leben öfter mir gerettet —
Das alles giebt kein Recht dir über mich,
Ein Recht zur Bitte nur, nicht zur Gewalt!
Frei bin ich, frei und kein gefangnes Weib,
Das du am Bügel deines Rosses schleifst!
Leb wohl!

Ludwig.

Dem schwarzen Herzog solcher Trotz!

Hymа.

Er komme wieder — und ich will das Wort
Der Schwesterlieb' ihm von den Lippen küssen.
Jetzt scheid' ich fremd und kalt — Ha, schwarzer Adler!
Ich wohn' mit dir in gleichem Horst — Du hemmst
Nicht meinen Flug! Ich liebe, ja, ich liebe!

In alle Lüfte ruf' ich dies Geständnis,
Und ihre Schwingen sollen's weiter tragen!
Der Eisenmann, der Städt' und Burgen bricht —
Den Willen eines Weibes zwingt er nicht!
(Ab nach verschiedenen Seiten.)

Verwandlung.

Zimmer bei Gutenberg; rechts ein Bogenfenster nach dem Garten gehend, dahinter eine Thüre; links der Haupteingang, im Hintergrunde ein Vorhang. Vorn ein Tisch, auf welchem einige Folianten liegen.

Vierter Auftritt.

Gutenberg. Pfister.

Pfister.
Der Guß steht wieder still — es fehlt uns an Metall!

Gutenberg.
Und mir an Gold! Ich bin gelähmt,
Auch mahnt von Straßburg noch die alte Schuld.

Pfister.
Bei meinem lahmen Bein — ich macht' am liebsten
Jetzt einen Einbruch in die Judengasse.
Seit jener Zeit, wo ich die Waffen trug,
Bin ich gewöhnt an solche Plünderung;
Da war sie ruhmreich, jetzt ist sie verpönt.
Und doch — wozu das Gold in ihren Kasten,
Das sich durch Wucherzinsen sündlich mehrt?
Den Geiern, die mit ihren Krallen dies
Zusammenscharren, rupft' ich gern die Flügel —

Ein Jude mehr im Schoße Abrahams ...
Dort ist noch Platz für viele!

Gutenberg.

Läst're nicht!
Betriebsam ist dies Volk und ist auch feindlich
Ihm das Gesetz — die Menschenliebe mag
Es schützen!

Pfister.

Doch ich haff' das Gold, das immer
Nur wieder Gold schafft — eine Kiste voll
Bei uns, wie würde unser Werk gedeihn!

Fünfter Auftritt.

Mendel. Vorige.

Mendel.

Zerbrochen ist das Ding, ist unsre Presse!
Nicht jedem Werkmann können wir's vertraun;
Der einz'ge, welcher im Geheimnis ist,
Der Meister Spießenberg will keine Hand
Anlegen, bis die alte Schuld bezahlt.
So stockt es mit der Bibel!

Pfister.

Und das ist
Ja unser Stolz, die sechsunddreißig Zeilen
Auf jeder Seite wie ein Häuflein Truppen
Schnurgrade aufmarschiert!

Mendel.

Was ist zu thun?

Gutenberg.

Ich will's erwägen — gönnt euch freie Zeit!
Doch plaudert nicht beim Glase Rüdesheimer,
Wenn ihr im Wirtshaus sitzt!

Pfister.
      Wir werden schweigen!
(Pfister und Mendel ab.)

Gutenberg (unruhig auf und ab gehend).

So schwer und sorgenvoll, ein Werk zu fördern,
Das hell uns vor der Seele steht! Ich will's
Noch wie ein Heiligtum bewahren — draußen
Droht ihm die Mißgunst und der Aberwitz
Und geb' ich's erst der Menge preis, so wird
Es angetastet und entweiht wie alles,
Das auf den Markt geworfen wird.
         Wie stand
Ich blitzgetroffen, als die Offenbarung
Mich überkam, der eine leuchtende
Gedanke, einfach nur wie alles Große,
Das eine Welt aus ihren Fugen hebt.
Das ist kein hundertfach verschloßnes Wunder,
Zu dem Gewalt die Pforten sprengen muß.
Nein, auf der Straße liegt's! Es zu bemerken,
Es aufzuheben gilt's und das ist alles,
Und so bescheidenes Verdienst ist Gnade,
Die unsern Blick geschärft, daß wir im Kern
Die künft'ge Krone sehn, die früchtereiche.
Mit meinen Spiegeln ging ich auf die Wallfahrt,
Und goß ich fleißig Blei, geschah es nur,

Daß der metallne Grund der Menschen Bild,
Wie es Natur geschaffen, treulich zeichne.
Der Menschheit halt' ich jetzt den Spiegel vor,
Und das geschmolzne Blei, womit man Geister
Beschwört um Mitternacht der Jahreswende,
Gestalt und Leben fand's durch meine Hände.
Ich schuf die Form, aus welcher tausendfältig
Der Buchstab' sich erzeugt, beweglich, frei,
Für Tausende derselbe — gleiches Wort
Dem gleichen Wort gesellend tausendfach
Und endlos reihend der Gedanken Kette.
Und jetzt gehemmt, gelähmt — ich kann nicht weiter!
Verarmt ist mein Geschlecht — ich selber habe
Mein Erbe meinem großen Plan geopfert.
Ich schäm' mich dessen nicht — der tücht'ge Mann
Steht auf sich selbst — und niemand wird es wagen
Auf mich herabzusehn... die Bürgerschaft
Ehrt mich, als wär' ich noch in Gold gebettet,
Wie meine Ahnen! Doch dies königliche
Metall, das Gold, gebietet allen andern;
Das schnöde Blei gehorcht nur ihm — und nimmer
Kann ich dies schaffen, wenn das andre fehlt.
Und wie ein Vogel im zerzausten Nest,
Aus dem der Sturm die junge Brut geworfen,
So sitz' ich hilflos, mag auch der Gedanke
Im weiten Aether seine Schwingen regen!
Es schnellt zurück die Frucht, nach der ich hasche —
Der alten Hölle Qual erneut sich mir.

Sechster Auftritt.

Dymerstein. Gutenberg.

Gutenberg.

Herr Bürgermeister! Gott zum Gruß!

Dymerstein.
Ich komme
Um eine wicht'ge Nachricht Euch zu bringen:
Ein Reichstag wird sich hier in Mainz versammeln!

Gutenberg.

Der Kaiser kommt hierher?

Dymerstein.
Der gute Kaiser,
Der seit Jahrzehnten über Deutschland schläft.

Gutenberg.

So wird der Kurstreit endlich ausgeglichen?

Dymerstein.

Entschieden hat der Kaiser längst — er kennt
Nur einen Kurfürsten, den Grafen Nassau!
Was ihn hierherführt, ist die Türkensteuer;
Die läßt ihm keine Ruh' bei Tag und Nacht!
Denn seit der Türke auf Europas Erde
Den Fuß gesetzt und dies Byzanz erstürmt,
Die tausendjähr'ge Wiege alter Kaiser,
Erscheint er einer schlimmen Seuche gleich,
Und alle Länder dieses Erdteils droht
Er zu verpesten mit der Ketzerei,

Die ausgekrochen aus dem Schlangenei,
Das fern die Wüstensonne ausgebrütet.
Und Papst und Kaiser sind jetzt gleichen Sinns;
Doch schwierig bleiben noch des Reiches Stände,
Kreuzzüge sind nicht mehr im Schwang — wir haben
Genug geblutet für das Grab im Osten.
Der Kaiser wird's versuchen, was sein Wort
Vermag, die Fürsten günstiger zu stimmen.

Gutenberg.

Und unser Mainz soll keine Stimme haben,
Wenn hier in seinen Mauern sich der Reichstag
Versammelt?

Hymerstein.

Hört mich, Gutenberg, ich glaube,
Wir dürfen unsre Stimme laut erheben,
Um Recht und Freiheit unsrer Stadt zu wahren.
Schwach ist der Kaiser, doch gerecht — und hat
Von seiner Weltmacht nicht geringe Meinung.
Kann er sein Ansehn in die Wage werfen,
So daß sie sichtbarlich zur Tiefe sinkt,
Ist er geneigt dazu! Ich fürchte nur,
Wir kommen nicht zu Wort!

Gutenberg.

Ihr meint —

Hymerstein.

Zu groß
Und mächtig sind des Nassauers Genossen;
Des Reichstags Leitung liegt in ihren Händen;
Der Formen giebt's und Formeln ja genug,

Um alles Unliebsame auszuschließen
Und tot zu schweigen die gerechte Klage,
Die sich an die Gewalt'gen wagt!

Gutenberg.
                        Was wollt
Ihr denn vom Kaiser und vom Reich verlangen?

Dymerstein.
Schutz dieser freien Stadt — was kümmert uns
Der Streit der Fürsten und der Wahlkapitel?
Doch zwingen will man uns Partei zu nehmen.
Vor solchem Zwang soll uns der Kaiser schützen.
Und der Beweis für diesen bösen Willen
Der unsre Sicherheit bedroht — ist hier!
Lest diesen Brief!
(Ueberreicht Gutenberg einen Brief.)
                        Er ist an mich gerichtet;
Der Kurfürst Adolf selbst hat ihn geschrieben,
Von zarten Händen ward er mir gegeben;
Vertraulich sollte diese Botschaft sein.
Doch wenn ein Cherub sie vom Himmel brächte,
Es ist Verrat darin — und offenkundig
Vor aller Welt soll dieser Frevel werden.

Gutenberg.
Er schmeichelt Euch ... und uns, ... er will die Macht
Des Rats besest'gen, der Geschlechter Macht
Und will das zünft'ge Unkraut niedertreten.
Doch er verlangt dafür, daß wir die Stadt
Ihm öffnen und mit ihm ein Bündnis schließen,

Und Zins und Steuer zahlen nach Gebühr,
Und seine Truppen gastlich hier verpflegen;
Sonst droht er mit dem Bann . . . er droht . . .

Dymerstein.   Das ist's,
Das ist's! Lest weiter!

Gutenberg.
                Schimpflich ist's — er droht
Die Stadt mit Waffenmacht zu nötigen,
Daß sie sich seiner Herrschaft beugt!

Dymerstein.
                              Das ist
Die Drohung, die des Kaisers Majestät,
Das Reich zur Abwehr in die Schranken ruft.
Doch glaubt man mir? Und wie ich dies beteure,
Man wird mich überschrein, man wird nicht dulden,
Daß ich dem Reichstag diesen wicht'gen Brief
Vorlese! Hätten alle Herrn und Städte
Von seinem Wortlaut Kenntnis — zweifelt nicht,
Mainz würde fester als durch Wäll' und Türme
Durch eines Reichstags warnenden Beschluß
Geschützt!

Gutenberg.
        Wozu ist denn das Reich, wenn's nicht
Die Seinen schützt, von der Geringen Haupt
Abwehrt der Mächt'gen frevelnde Gewalt?

Dymerstein.
So komm' ich denn zu Euch, wie zu den andern

Mitgliedern unsres Rats — von Haus zu Haus
Samml' ich mir Zeugen.

Gutenberg.

Laßt das, Bürgermeister!
Gebt mir den Brief! Das ist ein weiter Weg —
Uns soll ein näherer zum Ziele führen.

Dymerstein.

Ihr wolltet —

Gutenberg.

Ihr erhaltet dieses Schreiben
Zurück, doch wenn man's Euch verwehrt, im Reichstag
Es vorzulesen — allen Herrn und Fürsten
Soll's in die Hände kommen — und zugleich!
Ich weiß zu lösen die gebund'nen Zungen,
Und wird das Wort den Ohren abgesperrt,
Ich fang' es für das Auge ein!

Dymerstein.

Ihr sprecht
Von der geheimen Kunst — nun, was uns nützt,
Ist immer mir willkommen und ich frage
Nach seiner Herkunft nicht; das ist das Rechte,
Was unsre Pläne fördert — heute fördert,
Wenn wir's auch morgen in den Kehricht werfen.
Und färbt das Schlechte ab, so wäscht man sich
Nachher die Hand — und alles ist wie früher.
Drum ist auch dieses Mittel mir genehm.
Wohl, so versucht's!

Gutenberg.

Es scheint, Ihr denkt gar Arges
Von meiner neuen Kunst!

Dymerstein.

Ich will's nicht leugnen.
Sie ist geschwätzig und verräterisch
Und alles Ansehn seit Beginn der Welt
Hat außer äußerm Glanz von Amt und Würden
Noch ein Geheimes, das ihm Macht verleiht!
Das darf nicht völlig aufgehn ohne Rest
Im nüchternen Verständnis; glauben muß
Das Volk daran und wissen, daß nicht alles
Zu wissen ihm erlaubt; doch Eure Kunst,
Herr Gutenberg, vermehrt den engen Kreis
Der Wissenden hinaus ins Unbegrenzte,
Wenn sie dem Wort papierne Schwingen leiht.
Die Zahl der Hörer faßt ein enger Raum,
Die Zahl der Leser nicht die weite Welt.
Ein willig Werkzeug schafft Ihr jedem Frevel,
Der an den Pfeilern rüttelt der Gemeinde,
Der Kirche und des Reichs — das ist die Ansicht
Noch vieler aus dem Rat, ich sag' es offen,
Die bei der Ratswahl gegen Euch gestimmt,
Und auch die meine ist's und war es stets.
Doch ist das schlimme Ding einmal vorhanden,
So mag's uns nützen, wo es Nutzen bringt.
(Gutenberg den Brief gebend.)
Hier ist der Brief — es gilt das Wohl der Stadt;
Zum Wächter bin ich ihm gesetzt, ich will's
Bewahren, sei's mit Teufelskünsten auch!

Gutenberg.

Ich dank' Euch, Bürgermeister! Fürchtet nichts!

Der Zweck ist gut, doch gut ist auch das Mittel;
Die Meinen sollen gleich das Werk beginnen.

Dymerstein.

Auf Wiedersehn — doch, Meister Gutenberg,
Ihr seid ein Meister von unzünft'ger Kunst.
Was Ihr da thut, kann Euch gefährlich werden.
Ich wasche meine Hand — Ihr habt's gewollt!
(Dymerstein und Gutenberg ab nach links.)

Siebenter Auftritt.

Else (von rechts), gleich darauf Faust.

Else.

Er folgt mir — ist's nicht meine Schuld? Warum
Bin ich am Gitter neulich stehn geblieben
Und hab' dem fremden Mann Gehör geschenkt,
Der mir die seltsam fremde Rose reichte?
Und heut' stand er vor mir im Garten wie
Emporgewachsen aus der Erde, unter
Den Blumen — war's nicht schuld'ge Gegengabe,
Wenn ich die junge Rose ihm gereicht,
Die ich in hastiger Erregung brach?
Ich merkt' es nicht, daß ich so vielen Knöspchen
Das Leben nahm, die sich um sie gesellt;
Doch Reue kam zu spät! Er sprach so vieles,
Was mir das Herz beklemmte, daß ich floh...
Umsonst — da ist er schon.

Faust (auftretend, die Rose in der Hand).

Else.
                        O Ihr seid kühn;
Das hier sind die Gemächer meines Onkels!

Faust.
Das Haus von Gutenberg — ihn such' ich grade!

Else.
Ich will ihn rufen gehn!

Faust.
                        Verweilt ein wenig!

Else.
Was Ihr mir sagt, ich hör' es gern — doch schäm'
Ich mich darum, so sprach mit mir noch niemand!

Faust.
So, habt Ihr keinen Liebsten noch gehabt?

Else.
Nein, nein! Ein Liebster — meine Mutter warnte
Mich stets davor, wenn sie am Spinnrad saß!
Das hat schon lange, lange ausgeschnurrt,
Sie ruht im Grab!

Faust.
                        O Stadt des Frauenlob!
Das muß den Meister noch im Grabe kränken,
Daß keiner hier von all den Tausenden,
Die oft um abgeblühte Schönheit gaukeln,
Das Wort gefunden hat, so seltnen Reiz,
So holde Anmut nach Gebühr zu feiern.

Else.

Sie preisen andre und gewiß mit Recht!
Da kommt der tote Dichter stets zu Ehren;
Ich bin ein schüchtern Blümchen nur — er hätte
Mich selber übersehn!

Fauſt.

Den blinden Sängern
Nur wär' das zu verzeihn — die mögen droben
Im Norden alte Heldenthaten singen;
Doch wer die Frauen lobt, muß sehend sein.
Um ihretwillen lohnt es sich zu sehen.
Sie sind der Augen Trost, die in der Welt
So viel des Häßlichen erblicken müssen.
Ist hier die Jugend blind und stumm zugleich,
So hört's von mir: Ihr seid ein reizend Kind
Und wer Euch sieht, der steht in Eurem Bann,
Der muß Euch folgen!

Else.

Ihr beweist es durch
Die That — doch habt Ihr nicht ein Recht dazu!
Ich stehe still und lausche, wenn Ihr sprecht!
Es ist nicht bloß das Wort, es ist sein Klang;
So hör' ich oft die nächt'gen Brunnen plätschern
Im Mondenschein, da träumt sich's wundersam.

Fauſt.

Die Blume seh' ich blühn im Wundergarten
Und träume auch nun ihr! Wie heißt Ihr?

Else.

Else!

Fauſt.

Laß uns zuſammen träumen, ſchöne Elſe!
Das geht die Welt nicht an, nur uns allein!
Ich kann dir viel erzählen, bunte Märchen,
Wie Vögel flattern um die Roſenblumen
Des fernen Oſtens, wo ich lang verweilte,
Von Königinnen auf dem Roſenlager,
Wo hold ſie ſchliefen, doch noch ſchöner wachten;
Von Abenteuern, Stürmen, Kriegesfahrten, —
Willſt du das alles hören, ſchöne Elſe?

Elſe.

Ich möchte wohl, doch weiß nicht, ob ich's darf.

Fauſt.

Wer kann's dir wehren?

Elſe.

O, mein Ohm iſt ſtrenge,
Und auch mir ſelbſt iſt's wahrlich nicht geheuer,
Allein zu ſein mit einem fremden Manne.
Und hören muß man, was da in uns ſpricht.
Das aber ſag' ich offen: mit Entzücken
Würd' ich ſo wunderbare Märchen hören.
Mir wär's, als ſäh' ich in die blaue Ferne,
Und goldne Schlöſſer bauten dort ſich auf,
Um die ein Leuchten ſchwebt wie Mondenſchein.

Fauſt.

So habt ihr Furcht vor mir?

Elſe.

Das ſag' ich nicht,

Nein, nein! Von keinem andern möcht' ich's hören,
Was draußen in der Ferne sich begiebt;
Denn wer ein zaubrisch Märchen will erzählen,
Der muß solch Leuchten in den Augen haben
Wie Ihr, und solch ein Lächeln um den Mund,
Einschmeichelnd und beredt noch vor dem Worte.
Man weiß schon, das ist lieblich, was da kommt,
Und ist's auch schrecklich, lauscht man doch gespannt.

Faust.

Ihr wißt nicht, was Ihr sprecht, Ihr thöricht Kind!
Das alles weckt ja einen Sturm in mir;
Denn ist Euch meine Art genehm und lieb,
So kann ich selber Euch kein Frembling bleiben.
Das ist der heiße Wunsch, der mich beseelt!
Des Ostens vollerschloßne Rosen haben
Mich einst berauscht, doch solch ein schönes Knöspchen,
Das mir mit seinen blauen Aeuglein winkt,
So kindlich rührend, hat noch größre Macht;
Es zittert vor dem Glück, das es verheißt,
Und wollt' Ihr mir ein großes Glück verheißen?

Else.

Und welches?

Faust.

Eure Liebe!

Else.

Sprecht nicht so!
Das darf ich nicht verstehn!

Faust.

Und Ihr versteht's.
Das sagt mir Euer Lächeln, Euer Blick!

Else.

Daß Ihr mir lieb seid, daß ich gern Euch mag —
Das sag' ich ohne Scheu; die Rosen haben's
Euch ja gesagt, die ich im Garten brach,
Und dürft' ich meine Rosen Lügen strafen?
Sprech' ich mit Euch, so möcht' ich allen Uhren
Vom Dom, vom Turm St. Stephan und Quirin
Das Schlagen wehren, daß die ganze Stadt
Die Zeit vergäße und ich selbst mit ihr.

Faust.

Und wo denn könnten wir zusammen plaudern
So ungestört, daß wir die Zeit vergäßen?

Else.

Hier nicht, doch haben wir ein Weinberghäuschen
Bei Weißenau, da bin ich oft allein!

Faust.

Und darf ich dorthin kommen?

Else.

      Nein, doch ja —
Fragt erst den Ohm! Doch nein — wenn Ihr ge=
          kommen,
Dann sag' ich's ihm; ich bin fast jeden Tag
Dort um die fünfte Stunde — und allein.
Ich seh' so gern den prächtig breiten Strom
An mir vorüberziehn! Und wenn Ihr dann
Des Wegs zufällig kommt —

Faust.

      Ich komme, wohl!

Else.

„Jetzt eil' ich ihn zu rufen. Lebet wohl,
Vergeßt mich nicht, auch wenn die Rosen schon
Verblühten, die ich pflückte — lebet wohl!
(Ab nach links.)

Faust.

Wie's mich von Blum' zu Blume treibt! Ha, Dyma!
Der Feuertrank berauscht, doch er ermattet,
Und mitten in den Gluten sehnt man sich
Nach zärtlich sanfter Liebe ... einer Hand,
Die uns die Falten von der Stirne streicht,
Nach einem Lächeln, das den Geist beruhigt,
Wenn wild erregt er von den Wanderungen
Ins Unermeßne heimkehrt. Dann erkennt er,
Daß wir auf dieses Rad der Welt geflochten
Zum Jammer nur und daß es sinnlos kreist
Mit den zermalmten Kreaturen, die
Der aufgewühlte Staub des Lebens stets
Von neuem zeugt, um neu sie zu vernichten.
In dieser Ewigkeit erneuten Wehs,
In dieser Qual der schmerzlichen Erkenntnis,
In diesem Taumel, der uns weiterreißt
Durch die Minuten, Stunden, Tage, Jahre ...
Da giebt's nur einen Augenblick der Rast,
Im Arm der Liebe nur — doch nicht der Liebe,
Die selbst ein blinder wilder Taumel ist,
Nein, die mit ihren sanften Blumenaugen
Uns in die Seele blickt ... ein seliges
Genügen, das den Grimm der Welt nicht kennt.
Sei's eine Lüge nur, sie tröstet uns.

Achter Auftritt.

Gutenberg. Faust.

Gutenberg.

Ihr wünscht —

Faust.

Ich komme, um die Hand dem Manne
Zu drücken, der in aller Stille schafft
An einem großen Werk!

Gutenberg.

Ich kenn' Euch, Faust!
Die Sage hat mir längst von Euch das Gleiche
Berichtet, dennoch trieb's mich nicht zu Euch.
Den Stein der Weisen suchten Tausende
Und trugen ihre Thorheit nur zur Schau!
Das Gold wird nimmermehr die Welt erlösen.

Faust.

Das Gold — wer weiß! Nun, so erlöst es uns,
Und wer es hat, der hat nicht nur Genuß,
Der hat die Arme frei, kann wirken, schaffen,
Und was er plant, getrost ins Leben rufen.

Gutenberg.

Das ist der Fluch des Golds — es nöthigt uns
Zu widerwill'ger Huldigung; wir müssen,
Wenn wir's entbehren, doppelt seine Macht
Empfinden; ja, ich sag' es offen, Faust!
Auch dies mein Werk erlahmt — mir fehlt das Gold,
Das ihm die Schwingen leiht!

Fauſt.

Die dunkle Arbeit,
Die ſich in ein Geheimnis hüllt, wird nie
Bereite Hilfe finden; wer vermag's
Den Wert zu ſchätzen, wenn das Werk ſich uns
Verbirgt? Ich komm' in guter Abſicht, Meiſter.
Wahrt das Geheimnis vor den andern allen,
Doch nicht vor mir! Ich ehre, wie kein andrer,
Den ſchöpferiſchen Geiſt, der mir verwandt.
Und der mit Adlersflug hernieder ſieht
Auf die zweibeinigen Geſchöpfe, welche
Blödſinnig auf des Lebens Weide graſen.
Wir ſind von andrer Art, als ſie und beide
Von gleicher Art — und ich verrate nichts.
So komm und zeig mir, was du wirkſt und ſchaffſt,
Vielleicht gereicht es dir zum Heil und mir!

Gutenberg.

So will ich dir vertraun ... es ſei!
(Oeffnet den hinteren Vorhang; man ſieht in ein von einer Lampe
erleuchtetes dunkles Gemach, rechts ein Stehpult, auf ihm ein
Satz, davor auf einem Tiſch ein Buchſtabenkaſten, links eine
Druckerpreſſe, im Hintergrund führt eine enge Treppe herunter,
das Gemach iſt von einer Lampe hell erleuchtet.)

Sieh hier!
Die Arbeitsſtatt, wo ich bei Tag und Nacht
An meinem Werke ſchaffe; doch nicht hier
Iſt das Geheimnis, iſt des Rätſels Wort.
Dort jene Treppe führt dazu herunter,
Doch iſt mein Zauberherd nicht wie der deine:
Nicht aus verſchmolzenen Metallen ſuch' ich
Ein höheres, ein neues zu geſtalten;

Ich schmelze nur das Blei und zwing' es dann
In Formen, die ihm ein Gepräge leihn,
Das sich vieltausendfach erneut:
(An die Letternkasten tretend, einen Buchstaben herausnehmend.)
　　　　　　　　Sieh hier!
Buchstaben, die sich frei bewegen können,
Gab's früher schon; man druckte schon damit
Mühselig Karten, Briefe, kleine Bücher;
Doch solch ein Buchstab war ein einzeln Ding
Und suchte sich vergeblich den Genossen.
Sieh diesen hier, der aus dem Feuer kommt
Und meines Geistes Marke trägt — er kommt
Zugleich mit Tausenden von seinesgleichen!
Unendlich fruchtbar ist die Form, gehorsam
Ist das Metall, das sich in sie hineinschmiegt,
Und das Gesetz steht fest für alle Zeiten.
So unersättlich ist kein Riesenwerk,
Daß diese aus der Form gebornen Lettern
Nicht seine Wörter alle speisen könnten.
Und so von Hand zu Hand, von Stadt zu Stadt,
Von Land zu Land kann der Gedanke wandern,
Gebunden an das freigewordne Wort,
Das sich entpuppt aus der metallnen Hülle
Zum Falterflug durchs weite Geisterreich!
　　　　　Faust (die Type in der Hand haltend).
Sinnreich, fürwahr! Das war ein guter Griff
Und dies metallne Ding ist eine Macht.
Ich seh' es wohl! Was setzest du damit?
　　　　　　　　Gutenberg.
Die große Bibel!

Fauſt.

Wohl, kein übler Anfang,
Kein ſchlecht Geſchäft! Gewiß, das Neue muß
Erſt Boden faſſen, und da knüpft man an,
Wo ſich Bekanntes bietet!

Gutenberg.

Und zugleich
Das Höchſte, was bisher der Geiſt geſchaffen,
Der Gottesgeiſt, durch Menſchenzungen ſprechend.

Fauſt.

In der Vergangenheit vielleicht, doch wird
Die Zukunft eine andre Sprache ſprechen.
Du kleiner Buchſtab hier, du harmlos Ding,
Du wirſt die Welt aus ihren Angeln heben;
Die Linien, die du geſellig bildeſt
Mit andern, ſcheu und zaghaft nach dem Wort
Der Ueberlieferung, ſie werden einſt
Zu Feuerlinien werden, wenn die Hand
Der Feuergeiſter dich berührt.

Gutenberg.

Ihr irrt!
Sie werden lehren, beſſern, ſegnend wirken
Und was ein Forſcher ſtill für ſich gedacht,
Das wird den Weg zu Millionen finden.
Nicht länger hinter Kloſtermauern wird
Die Wiſſenſchaft wie eingeſargt ſich bergen;
Nein, durch die Lande weht ihr freier Hauch
Und ſtreut den Samen der Erkenntnis aus

In alles Volk zu wachsendem Gedeihen.
Ihn tragen Schiffe übers Meer hinweg
Und Früchte trägt er in entfernten Zonen!

Fauſt.

Ihr denkt des Aufbaus nur und der Erbauung,
Ich denke der Zerſtörung — grabe dies
Macht Euer Werk mir wert! Es kommt die Zeit,
Wo aus den Tiefen der geheimen Weisheit
Die Flamme aufſchlägt und den Wahn verzehrt,
Der ſeit Jahrtauſenden die Welt beherrſcht.
Die Zauberer und Magier, die längſt
Im Buche der Natur geleſen, werden
Als Denker dann vor allem Volke ſtehn;
Kein Scheiterhaufen mehr wird ſie verbrennen.
Dies iſt die Waffe, die Ihr ihnen gebt.
Und dann — man lebt zu früh den Sieg zu ſehen;
Doch fühl' ich ſchon voraus die Schadenfreude,
Wenn dieſe kleine ſchwarze Schar von Lettern,
Gleich einem Schwarm verwüſtender Inſekten,
Den feſten Bau zernagt, zermürbt, auf den
Sich alles Anſehn ſtützt, bis er, gelockert
In allen Fugen, auseinanderbirſt.
O über die Verwirrung und Verwüſtung —
Da gilt das Strandrecht kühner Leidenſchaft,
Die aus dem Sturm ſich ihre Beute raubt.
O ſolch ein Tag der Götterdämmerung,
Wenn über dem herabgebrochnen Himmel
Die Freiheit jauchzt im Taumel des Genuſſes,
Die Menſchheit ihre Götterfeſte feiert!

Gutenberg.

Wie strömt aus diesem Stückchen Blei, das du
In deinen Händen hältst, ein Taumel aus
Verwirrender Gedanken! Mögst du hoffen,
Was ich nur fürchten könnte — lassen wir
Der Zeit, der allgebärenden, das Recht
Zu ernten, was sie mag, aus unsern Saaten.
Uns ziemt es nur, ein wichtig Werk zu fördern.
Mir fehlt dazu die Kraft — ich bin ein Feldherr,
Der keinen Sold für seine Truppen hat.

Faust.

Ich kam für dich zur rechten Zeit — ich bin
Der Mann, der deinen Planen Leben giebt
Und durch dasselbe Gold, das du verachtest.
Laß uns ein Bündnis schließen, Gutenberg,
Und nimm mich zum Genossen an!

Gutenberg.
So fremd
Dein Denken mir — es wäre mir Erlösung
Von all der Pein, die Tag und Nacht mich quält,
Säh' ich mein Werk von frischem Quell gespeist,
Das jetzt im öden Sand versiecht.

Faust.
Wohl dem,
Wir wollen's groß betreiben, neue Truppen
Anwerben, daß der Sieg uns nimmer fehle.
Ich gebe dir das Gold — und du verpfändest
Dafür mir dein Gezeug — und ich bin dein
Berater!

Gutenberg.

Sei es drum — ich will den Pakt
Entwerfen!

Faust.

Reiche mir zum Bund die Hand!
Ich seh' den bösen Geist in diesen Lettern,
Der Flammen speit, vor dem die Erde bebt.

Gutenberg.

Ich aber weiß, daß über allen Wettern
Der Regenbogen der Versöhnung schwebt.
Ob Fluch, ob Segen auch die Zukunft spende —
Uns segnet selbst das Werk der fleiß'gen Hände!

(Faust und Gutenberg reichen sich die Hand, der Vorhang fällt.)

Dritter Akt.

Scene: Wie die erste Scene des zweiten Akts.
Als der Vorhang aufgeht, ertönt Marschmusik.

Erster Auftritt.

Dyma.

Das war ein köstlich Schauspiel! — Welch ein Glanz!
Wie ging das Herz mir auf, als solch ein Strom
Von Herrlichkeit sich in die Stadt ergoß,
Der Kaiser und des Reiches Fürsten alle,
Und das Gefolge schmucker Herrn und Ritter!
O, wie verblaßte da der Bürger Prunk,
Der prahlerisch sonst durch die Straßen fegt.
Wie Kehricht lag er selbst im Winkel jetzt.
Hier unter meinesgleichen fühl' ich mich,
Und doch — nicht rein ist diese stolze Freude.
An meinem Herzen nagt geheimer Gram;
Ich weiß den Puls der Leidenschaft zu fühlen:
Am Abend in der Beguinenklause
War Faust zerstreut und kühl... doch Liebe lebt

Im Feuer nur so wie der Salamander
Und stirbt mit der verloschnen Glut! Sein Sinnen
Ging fort von mir und weilte bei dem Mond
Und bei den Sternen; seine Sinne schwiegen,
Die sonst im Aufruhr stürmisch mich umwogt.
Wenn er ein Träumer wird im Schoß des Glückes,
So ist auch meines Glückes Traum verflogen;
Da wendet sich sein wankelmütig Herz
Von mir — das duld' ich nicht. Ich sandte Späher
Ihm nach und was sie mir berichtet, schärft
Den bösen Argwohn ... meines Onkels Schreiber,
Der Lichtenberg, gewandt und scharfen Blicks,
Verfolgte seine Spur — ich ruhe nicht,
Bis er das Wild mir aufgejagt, das jetzt
Den Jäger lockt; da ist er!

Zweiter Auftritt.

Lichtenberg. Dyma.

Lichtenberg.
Gnäd'ge Gräfin!

Dyma.
Ihr kommt mit neuer Kunde?

Lichtenberg.
Darf ich sprechen?

Dyma (am Fenster).
Führt nur den Rappen auf und ab; ich werde
Bald wieder reiten — sprecht! (Setzt sich.)

Lichtenberg.
                        Der Meister Faust
Hat, wie ich neulich schon erzählt, das Werk
Des Gutenberg in seinen Schutz genommen,
Ja, durch sein Gold dies gottverfluchte Werk
Zu fördern sich erdreistet.

Dyma.
                  Schreiberseele!
Nicht um die Meinung Eurer Gilde war
Es mir zu thun ... was weiter?

Lichtenberg.
                         Ein Geselle,
Der jetzt im Dienst der beiden Zaubrer steht
Und der mir selbst von früher wohl bekannt,
Erzählte mir, daß er den Faust im Garten
Im Zwiegespräch mit der anmut'gen Else,
Der Pflegetochter Gutenbergs, gesehn
Und daß er ihr auch in das Haus gefolgt.

Dyma.
Das weiß ich schon — und ist die Dirne schön?

Lichtenberg.
Sie wurde als die schönste ausersehen,
Den Kranz aufs Grab des Frauenlob zu legen.

                  Dyma.
Was weiter?

Lichtenberg.
         Neulich hörte der Geselle
Von einer Magd, die in das Weinbergshaus

Von Weißenau das schöne Kind geleitet,
Daß sie am Gitter unten im Gespräch
Verweilend — schwatzhaft sind die Mägde alle —
Aus dem Versteck der Haselsträucher sah,
Wie sich ein Mann durchs Weinbergsthürchen schlich
Und sie beschrieb mir ihn — kein andrer war's
Als Meister Faust!

    Dyma (aufspringend).

     Genug! (beiseite)
      Zu viel, zu viel!
(Laut.) Mein Onkel braucht Euch dringend?

    Lichtenberg.

       Ja, wir haben
Jetzt viel zu schreiben — wenn die Fürsten tagen,
Da giebt's für ihre Räte saure Arbeit
Und zehnmal mehr für uns!

    Dyma.

     Gleichviel — Ihr müßt
Auf ein'ge Zeit die Feder hinters Ohr
Euch stecken —

    Lichtenberg.

  Gnäd'ge Herrin, Ihr verlangt...

    Dyma.

Was mir mein Oheim gern gewähren wird —

    Lichtenberg.

Gern — sicher nicht; denn ohne mich zu rühmen,
Kein andrer schreibt so lesbar und so schön,

In allen Zügen solch ein freier Zug
Und keiner dichtet so erfinderisch
Geschriebnes Bildwerk, das den Anfang ziert.
Doch wenn der Rat mich auch entlassen wollte,
Nicht danken würd' ich's ihm und Euch, bei Gott;
Ich käm' ja aus dem Brot, das mich ernährt.

Dyma.
Die Stelle sollt Ihr nicht verlieren, reichlich
Belohn' ich selbst inzwischen Eure Dienste.

Lichtenberg.
Dann werf' ich froh die Feder fort —

Dyma.
                                        Ihr sollt
In Weißenau Euch häuslich niederlassen
Und Tag für Tag dort Wache stehn, besonders
Zur Zeit der Dämm'rung — sichert Euch ein Pferd,
Das jederzeit zu Euren Diensten steht!
Dann fliegt spornstreichs zu mir und bringt mir Kunde,
Seht Ihr den Faust dort durch die Pforte schleichen,
Und fürstlich lohn' ich Euch!

Lichtenberg.
                    Verlaßt Euch ganz
Auf mich! Erspähen will ich, was Ihr wünscht.

Dyma.
So geht ... mit meinem Onkel werd' ich sprechen!
                (Lichtenberg ab.)
Ha, Luft ... das Fenster auf — ein Wetter steht
Am Taunus dort ... o wenn ich Flügel hätte!

Ich riß' ihm seine Blitze aus der Hand.
Ein Bürgermädchen — solch ein zopfig Ding
Mit einem blankgescheuerten Gesichtchen,
Und ich — die Gräfin Dyma! Nimmermehr!
Ist's so, dann Rache an der frechen Dirne,
An ihm — und mehr! Die ganze Stadt, aus der
Die gift'ge Blum' emporgekrochen, soll
Zu Grunde gehn, daß nie gemeine Brut,
Mit farb'gen Fitt'chen angethan, wetteifre
Mit Sonnenkindern aus des Adlers Horst!

Dritter Auftritt.

Ludwig von Belbenz. Dyma.

Dyma.
Du kommst zur rechten Zeit —

Ludwig.
Das ist ein Treiben!
Kaum konnt' ich von dem Festmahl fort mich stehlen
Dich zu begrüßen.

Dyma.
Sei willkommen, Bruder!

Ludwig.
O, solch ein Reichstag ist ein lustig Ding,
Solch ein Gedräng' von Fürsten und von Herrn,
Und drüber als das höchste Haupt, der Kaiser!

Dyma.
Mit Ehrfurcht grüßt' ich ihn ... ein solcher Herr ...

Ludwig.

Du bist ein thöricht Mädchen, Dyma ... Kron'
Und Scepter künden den Gewaltigen,
Und doch ist beides nur ein Kinderspiel,
Sitzt unter dieser Kron' ein schläfrig Haupt.
Der gute Kaiser ist ein Reichsgespenst —
Bald spukt es hier, bald dort — und doch ein Nichts ...
Er sprudelt Weisheitssprüche, wie ein Bronnen,
Der endlos plätschernd jeden Sinn ermüdet;
Er will gerecht sein gegen alle Welt
Und deshalb ist er's gegen niemand.

Dyma.
      Sprich,
Was wird aus unsern Mainzer Händeln werden?

Ludwig.

Gefährlich sind die Schreiberein — der Kurfürst
Wird's jetzt empfinden, nimmt man auch die schönste
Brieftaube in den Dienst, wie du es bist.

Dyma.
Was soll's?

Ludwig.
   Der Kurfürst hat sich sehr getäuscht,
Wenn er dem Herrn von Dymerstein vertraute.
In jenem Brief, den du ihm übergeben,
Lag eine Drohung, die der Bürgermeister
Jetzt vor den Reichstag bringen will — es werden
Die Städte über Vergewaltigung
Beschwerde führen und der gute Kaiser,

Der alle für die Türkensteuer braucht,
Nimmt sie gewiß in seinen Schutz!

Dyma.
Was ist
Zu thun?

Ludwig.
Der würdige Tyrann von Mainz
Will jenen Brief verlesen, doch wir werden's
Nicht dulden und dies Mainz zu Boden schrein.

Dyma.
Doch Euer Anschlag auf die Stadt?

Ludwig.
Er bleibt
Derselbe.

Dyma.
Kann ich Euch von Nutzen sein?

Ludwig.
Du willst ja diese gute Stadt verschonen,
Wo solche Leute hausen, wie der Goldschmied,
Der Faust, der goldne Ketten dir geschmiedet;
Ich weiß es jetzt, der Onkel sagt' es mir!

Dyma.
Die Ketten reißen oft — ich will's erwägen!
Noch kann ich nichts versprechen.

Ludwig.
Dieser Faust —
Er soll mir einen goldnen Käfig schaffen;
Da sperr' ich ihn hinein, wenn ich ihn fange.

Er hat mein Schwesterlein uns ganz entfremdet!
Nun, Bürgertrotz und Bürgerfreiheit fegen
Wir in den Rhein, wenn erst die Stunde schlägt.

Dyma.

Gieb mir die Hand, mein Bruder!

Ludwig.

Wetter noch —
Du bist ja zahm geworden, wilde Dirne,
Und was dich neulich kränkte, ist dir heut
Genehm . . .

Dyma.

Es gleitet ab von mir, weil ich
Den dreimal festen Eisenpanzer trage.
Ich glaube' daß er mich verrät —

Ludwig.

Der Faust?
So bist du frei von ihm!

Dyma.

Nur frei von ihm?
Und weiter nichts — das sagt der schwarze Herzog,
Des Rosse Feuer aus den Nüstern sprühn
Und rauchende Verwüstung? Frei von ihm
Und er von mir? Gott gnade dieser Freiheit!
Er soll zu Schanden werden . . . er und sie.
Und braucht ihr eine Rahab einst — ich ziehe
Am Seile den Verrat in diese Stadt,
Bis sie in Trümmer liegt! Nun fort zu Roß!

Ludwig.

Das Festmahl wird sich seinem Ende nahen.
Und dann ein froh Gelag mit unsern Damen.

Pyma.

Der Lichtenberger und der Veringen —
Sie sollen mir den vollen Becher reichen,
Ich trinke ihnen zu!

Ludwig.

                Das ist die Schwester,
Das ist die stolze Dame wieder — komm!
Jetzt mach' ich Staat mit dir — du bist die Schönste
Vom Troß der Schönheit, der dem Reichstag folgt,
Und wo den Boden unsre Rosse stampfen,
Da sprühn die Funken der Bewunderung!

Pyma.

Die vollen Becher bis zum Grund geleert!
Das Leben ist ein Rausch, ... die Liebe auch.
Die Becher leer — dann in den Rhein geworfen!
So werfen wir ein wertlos Leben fort.
Noch ist's nicht Zeit dazu ... komm, Bruder, komm!
Wir wollen lustig sein — ich will Euch Märchen
Erzählen — bin ich schön? Ich bin's. Bewundert
Die schöne Melusine — doch Ihr lernt
Noch früh genug das Ungeheuer kennen!

(Ab mit Ludwig.)

V e r w a n d l u n g.

Sehr kurz vorfallende Coulisse ... ein Vorhang dahinter.

Vierter Auftritt.

Kaiser Friedrich mit glänzendem Gefolge.
Kurfürst Friedrich von der Pfalz. Hat Behem.

Kaiser.

Ihr liegt mir stets im Ohr — was nützt es Euch?
Hab' ich den Nassauer bestätigt? Nun?

Friedrich.

Das habt Ihr, hoher Herr!

Kaiser.

Und das genügt!
Was führt Ihr Krieg mit ihm — das ist nicht schön!
Der Papst ist gleichen Sinnes ... und wir sind eins;
Wir müssen eins sein, um das Türkenvolk
Nach Asien zurückzujagen.

Friedrich.

Gern
Sind wir bereit, die Türkensteuer Euch
Zu zahlen, Sire, wenn Eure Majestät
Geneigtes Ohr gerechten Klagen leiht.

Kaiser.

Die ew'ge Zwietracht! Sagte doch der Römer
Sallust, ein kluger, ein gewandter Mann:
Durch Eintracht wächst das Kleine und durch Zwietracht
Geht selbst das Größte unter. Wie?

Behem.

So ist
Es, Sire — das sagt Sallust!

Kaiser.
Ich habe ihn
Bestätigt; sein kurfürstlich Amt verlieh
Ich ihm, der Papst das Erzbistum ... so bleibt's!
Das kann der Reichstag nimmer ändern ... nimmer!
Was er beschließt, das acht' ich und am meisten,
Wenn er beschließt, die Steuern mir zu zahlen,
Die nötig sind, um Krieg zu führen mit
Dem Erbfeind aller Christenheit! Geld, Geld —
Aus nichts wird nichts, sagt Persius; schon früher
Hat es Lucrez gesagt und Epikur —
Wie, Behem?

Behem.
Sire, so ist's!

Kaiser.
Doch innrer Krieg
Verwüste nicht mein Reich — ich mag Euch, Pfalzgraf!
Ihr seid ein tapfrer Herr und seid daneben
In litteris nicht gänzlich unbewandert,
Und habt ein Wesen, das mir wohlgefällt.
Ich liebe nicht die allzurauhen Leute;
Doch Krieg und immer Krieg — ein Mann wie Ihr!
Im Lärm der Waffen schweigen die Gesetze,
Sagt Cicero ... wie Behem?

Behem.
Ja, so steht
Es in der Rede pro Milone.

Kaiser.
Schön
Sind dieses Rheinlands Gauen, reich und fruchtbar,

Und grausam ist's sie kämpfend zu verheeren,
Und viele Plätzchen giebt es hier, von denen
Ich mit Horaz, dem Dichter, sagen möchte:
Sie lächeln mir vor allen andern auf
Der Erde zu ... wie, Behem?

Behem.
Sechste Ode
Des zweiten Buchs.

Kaiser.
Und diese Rebenberge!
Ihr pflegt den Weinbau doch, mein lieber Vetter?

Friedrich.
So gut wie Pfälzer Berge mir's erlauben.

Kaiser.
Ihr hackt den Weinberg doch dreimal im Jahr,
Und brecht die überflüss'gen Triebe aus?
Ich halte streng darauf, auch muß man jährlich
Den Stock beschneiden!

Herold (auftretend).
Eure Majestät!
Der Reichstag ist versammelt!

Kaiser.
Und zweimal
Mit Stroh die Reben heften ... wie, der Reichstag?
O das wird heute wieder lange währen.
Und nehmt Euch vor dem Sonnenwurm in acht!
Wenn doch die Fürsten ruhig ihre Länder
Regieren möchten und nicht Reden halten!

O, Cicero dreht sich im Grabe um
Und ich, der Kaiser, brauch' so viel Geduld,
Daß Millionen meiner Unterthanen
Auf Lebenszeit damit auskommen könnten,
Und dann — quot capita — tot sensus, heißt es.

Behem (übersetzend).

So viele Menschen — so viel Meinungen!

Friedrich.

Der Reichstag, Majestät!

Kaiser.

So gebt das Zeichen!

(Dreimaliger Trompetenstoß; der Vorhang geht in die Höhe; man sieht den versammelten Reichstag, links den Kaiserthron, gegenüber die Fürstenbank, hinten die Abgeordneten der Städte. Oben geht eine Galerie an den größeren Bühnen herum. Kaiser Friedrich steigt auf den Thron, um den sich sein Hofstaat aufstellt, Pagen, Herolde; der Kanzler sitzt am Fuße des Thrones. Pfalzgraf Friedrich nimmt auf der Fürstenbank Platz.)

Kaiser.

Ich grüß' euch, mächt'ge Fürsten, edle Herrn
Und die getreuen Städte — seid willkommen!
Der Reichstag ist eröffnet.

Friedrich.

Heil dem Kaiser!

Alle.

Dem Kaiser Heil!

(Trompetenstoß.)

Kaiser.

Eh' wir der großen Frage
Uns nähern, die uns hier zusammenführt,

Das Heil des Reichs, das Heil der Christenheit
Uns zu erwägen rüsten, wollen wir
Das Klein're noch bedenken, gleich dem Feldherrn,
Der vor dem Kampf der Massen erst die Plänkler
Scharmützeln läßt. Wer von den Herrn und Fürsten
Und von den Städten will Beschwerde führen?
Wir schenken jetzt ihm ein geneigtes Ohr!

Dymerstein (vortretend).

Die freien Städte, wie hier unser Mainz,
Begrüßen in dem Kaiser ihren Schutzherrn,
Und auch des Reichstags Pflicht ist fernzuhalten
Jedwede Unbill, die ihr altes Recht
Verletzt! Was kümmert uns der Fürsten Streit,
Die um den Kurhut bittre Fehde führen?
Doch bald der eine, bald der andre will
Uns nötigen, ihm unsre Stadt zu öffnen.
Am schlimmsten aber treibt es Kurfürst Adolf;
Er droht die Stadt zu stürmen, wenn wir nicht
Auf ihre Mauern seine Fahne pflanzen.

Vertreter der Städte.

Hört, hört!

Ludwig.

Das ist nicht wahr!

Einige Fürsten.

Das ist Verleumdung!

Dymerstein.

Er selber hat mir einen Brief geschrieben,
In dem er mich und unsre Stadt bedroht!

Bedarf es da noch anderer Beweise?
Der hohe Reichstag wird erlauben, daß
Ich diesen Brief ihm lese.

Ludwig.

Nimmermehr!
Steckt Eure Briefe wieder in die Tasche,
Wir hören nicht darauf!

Stimme der Fürsten.

Nein, nein!

Stimme der Städte.

Wir wollen
Des Briefes Wortlaut kennen lernen.

Ludwig.

Es soll hier niemand lesen, was zu hören
Wir nicht gesonnen sind!
(Lärm und Tumult: Nein, nein! tönt's von der Fürstenbank.)

Friedrich.

(Giebt dem Kanzler ein Zeichen, dieser den Ordonnanzen, welche
ihre Stäbe in den Saal werfen.)

Welch wüster Lärm!
Wer will das Recht hier biegen oder brechen?
Mainz hat ein Recht zu klagen und ein Recht,
Die Klage zu begründen.

Stimme.

Hört nicht auf
Den Feind des Nassauers!

Ludwig.

Wir dulden's nicht!

Solang ein Ton in meiner Kehle ist,
Will ich den Dymerstein zu Boden schrein.
Uns Briefe vorzulesen — Schimpf und Schmach!
Den Inhalt ihrer Schübe auszuschütten!
Das lassen wir nicht über uns ergehn.

Viele Stimmen.

Wir dulden's nicht!

Friedrich und andere.

Wir wollen's hören — hören.

Fünfter Auftritt.

Gutenberg.

(Oben auf der Galerie, in der Mitte der Bühne Pfister und Mendel über der Fürstenbank halten einen Stoß Flugblätter in der Hand.)

Dymerstein.

Wenn Ihr's nicht hören wollt, so mögt Ihr's lesen,
Selbst lesen!

Ludwig.

Soll der Brief die Runde machen?
Ich reiße ihn in Fetzen!

Gutenberg (von oben).

Hohe Herrn!
Nicht solcher Zeitverlust — hier ist der Brief,
Derselbe stets und doch für jeden einer.
Die Wahrheit ist's, die durch die Lüfte fliegt,
Und kein Geschrei ertötet ihre Stimme.

(Gutenberg, Pfister und Mendel lassen zu den Rittern und
Städtevertretern gedruckte Blätter herabfliegen, sie werden unter
Lärm gehascht und aufgefangen.)

Stimme.

Hier — lest — es ist der Brief!

Andere Stimme.
       Wie wunderbar!
Friedrich.

Das ist die neue Kunst — die Kunst des Drucks!
Nun, schwarzer Herzog, mögt Ihr schrein!

Ludwig.
         Verwünscht!
Soll hier den Reichstag Teufelskunst verhexen?

Kaiser.

Gebt mir ein Blatt!

(Behem bringt ein eingefangenes Blatt herbei.)

Pymerstein (zu den Ratsherren).
     Ihr seht es, gute Freunde!
Hier steht es schwarz auf weiß — ich kann's beschwören;
Ein jedes Wort ist treu dem Brief entlehnt.

Kaiser.

Ihr, Bürgermeister dieser guten Stadt,
Ihr bürgt mir für die Echtheit dieser Zeilen?

Pymerstein.

Mit meinem Leben, Sire.

Ludwig.
      Wer darf es wagen,
Mit unserm Reichstag solch ein Spiel zu treiben,
Und als ein Fremder, ohne jedes Recht

In unsre Sitzung störend einzugreifen,
Mit dieser Kunst, die lang im Dunkeln spukt,
Die Fürsten zu belästigen?!

Kaiser.

Ruft mir
Den Mann herunter, der sich solcher That
Erdreistet und die Zettel ausgestreut!
(Einige Mann von der Wache gehen ab.)
Der Kurfürst?

Ludwig.

Ist entschuldigt — wegen Krankheit.

Kaiser.

Die hohe Würde hab' ich ihm verliehen,
Doch seine Drohung stört des Reiches Frieden.
Discite justitiam moniti.

Sehem (übersetzend).

O lernt gewarnt
Recht thun —

Kaiser.

An solcher Warnung fehlt es nicht!
Der Reichstag, hoff' ich, stimmt dem Kaiser bei!

Ludwig.

Es ist das Recht der Herrn, das Recht der Fürsten,
Der Städte Stolz zu bändigen!

Fürsten und Herren.

So ist's.

Friedrich.

So ist es nicht! Gerechte Fürsten wahren
Der Städte gutes Recht!

Jymerstein.
Wir stehn zusammen!

Abgeordnete der Städte.
Wir stehn zusammen!

Jymerstein.
Mit geballter Faust
Erwidern wir die Drohung der Gewalt'gen
Und unsre Türm' und Mauern schützen uns!
(Allgemeiner Tumult.)

Kaiser.
Ist das des Reichstags Würde?
(Zu Behem, der herbeieilt.)
Welch ein Lärm!
O meine Türkensteuer! Nein nicht jetzt
Will ich die Perl' aus diesem Strudel holen!
(Gutenberg wird von Soldaten herbeigeführt.)

Ludwig.
Still, still, ihr Herrn, das ist der Uebelthäter.

Kaiser.
Ihr seid …

Gutenberg.
Johann von Gutenberg, mein Fürst,
Erwählter Ratsherr dieser alten Stadt.

Kaiser.
Ihr treibt geheime Kunst!

Gutenberg.
Was sie erschafft,

Sei offenbar der Welt! Ihr Schaffen selbst
Muß noch Geheimnis bleiben, hoher Herr;
Es fehlt dem Werk noch der Vollendung Siegel
Und schnödem Mißbrauch wär' es preisgegeben,
Wenn's so unfertig in die Lande ginge.

Kaiser (das Blatt prüfend).

Novum atque inauditum!

Behem (übersetzend).

Etwas Neues,
Und Unerhörtes —

Kaiser.

So sagt Cicero!
Wohl der Beachtung wert ist dieses Neue.
Seht, seht! Man kann der Welt nicht oft genug
Dasselbe sagen. Hier auf einmal sagt man's
Und wendet sich zugleich an Tausende!

Ludwig.

Nichts ist's als Teufelswerk und Ketzerei —
Und auf den Scheiterhaufen mit dem Ketzer!

Kaiser.

Der Ritter schweige, wenn der Kaiser spricht!
In Eure Werkstatt säh' ich gern hinein;
Denn wie das eine sich zum andern fügt
Und wie das Wort ein tausendfältig Leben
Gewinnt — das möcht' ich gern ergründen, doch
Ihr habt die Kunst mißbraucht!

Gutenberg.

Mein hoher Herr!

Kaiser.

Was streut ihr unberufen Eure Blätter
In die Versammlung? Das ist Hochverrat!
Ihr maßt ein Recht Euch an, des Reichstags Stimme
Wider Gebühr nach Eurem Wunsch zu lenken.

Gutenberg.

Ich bin ein schlichter Bürger dieser Stadt
Und möcht' ihr gern den schönen Frieden wahren,
In dem das Handwerk und die Kunst gebeiht;
Und spiegeln sollte sich ihr stilles Wirken
Im Strom der Zeiten wie sich unsre Dome
In unsres Rheins krystallnen Fluten spiegeln.
Doch stamm' ich auch von den Geschlechtern ab,
Die lang die Freiheit dieser Stadt verteidigt.
Mit innerster Empörung füllt mein Herz
Die frevle Drohung, unser altes Recht
Durch siegende Gewalt uns zu verkümmern
Und blut'ge Schrecknis über unser Mainz
Und über all die Unsern auszuschütten.
Und solche Drohung stieß der Mächt'ge aus,
Der über diese Stadt sein Scepter hält,
Die seinem Willen nimmer unterthan.
Ich las den Brief; ich wußte, daß man hier
Den Kläger niedertoben und uns nie
Verstatten würde, jenen Brief zu lesen.
So kam ich ihm mit meiner Kunst zu Hilfe,
Die zu den Augen spricht, nicht zu den Ohren,
Und sich von keinem Lärm betäuben läßt.
Und nicht gereut's mich, daß ich dies gethan,

Was immer kommen mag — dem Unrecht Krieg!
Das ist die stumme, doch beredte Sprache,
Die ich die toten Zeichen sprechen lehre.
Ich hoff' zu Gott und allen guten Sternen,
Daß diese Sprache nimmer sie verlernen.

Kaiser.

Du sprichst beredt; es ist ein alter Spruch
Des Juvenal — es macht der Zorn den Dichter.
Doch da du dieses Hauses Frieden störtest,
Bist du dem Recht verfallen — führt ihn fort
In strenge Haft. Die Türkensteuer, Behem!
Bereite alles vor — jetzt nicht ... jetzt nicht!
(Ab mit Gefolge nach rechts.)

Behem.

Am heut'gen Nachmittag die nächste Sitzung!
Für Wicht'ges, Großes fehlt dem Reichstag jetzt
Die Stimmung ... so befiehlt der Herr und Kaiser!

Ludwig
(zu den Wächtern, die Gutenberg abführen wollen).

Halt da, halt da! Du braver Zaubermann!
Vielleicht erweist der Kaiser mir die Gunst,
Daß du die wohlverdiente Strafe darfst
Absitzen im Verließe meiner Burg!
Der Kram ist wunderlich genug — ich glaube,
Wenn man dir auf die Finger sieht, Patron,
So kann man lernen, was uns nützlich ist.
Man kann ja besser als mit der Trompete
Die Gleichgesinnten zu den Waffen rufen.

Gutenberg.

Ihr irrt — wir geben nie die Waffe preis;
Sie ist zum Kampfe gegen Euch geschliffen.

Ludwig.

Bei Molch und Unke lernt Ihr bess're Weisheit.

Gutenberg.

Wir brechen eure Burgen, eble Ritter.
Zu Molch und Unke ins Verließ herab
Sinkt Eure Herrlichkeit, sobald des Geistes
Flugfeuer über Eure Zinnen flammt.

Bischof.

Gottlos ist Euer Thun, nicht Euer Werk!
Es kann der Kirche dienen — seid Ihr frei,
Kommt in mein Kloster! Reiche Hilfe biet' ich;
Die alte Urkund' findet vielfach Leben.
Beflügelt wird jedwede heil'ge Botschaft
Die Wege finden zu der Gläub'gen Herzen.

Gutenberg.

Laßt mich, ihr Herrn! Ich geh' den eignen Weg
Und ob er mich durch Not und Drangsal führe!
Nicht dienstbar wird die Kunst — zur Herrscherin
Ist sie berufen! Führt mich fort, ihr Männer!
Und mag ich selber auch des Lichts entbehren —
Ein Reichstag kommt, wo alle Geister tagen;
Da wird mein Geist die Oriflamme tragen!

(Ab.)
(Der Vorhang fällt.)

Vierter Akt.

Scene: Gutenbergs Weinbergshäuschen bei Weißenau. Rechts eine Thür, dahinter Fenster mit geschlossenen Jalousien, ebenso auf der anderen Seite. Im Hintergrunde ein offener Balkon, von Weinranken umlaubt; die Aussicht geht auf den Rhein und die Rheinlandschaft. Links ein Sofa. Abendrötliche Beleuchtung.

Erster Auftritt.

Else (allein).

Wie langsam rückt der Tag dem Abend zu,
Der jetzt des Taunus Berge und den Rhein
So lieblich überhaucht mit sanftem Rot!
Es ist die lichte Freude meiner Seele,
In deren Farben die Natur sich hüllt.
Er kommt... er kommt gewiß! Ich harr' auf ihn.
Was wär' der Tag, dem solch ein Abend fehlt?
Ein blinder, stumpfer, seelenloser Tag,
An den die Sonn' ihr töricht Licht verschwendet.
Noch deckt ein tief Geheimnis unser Glück,
So wie die Purpurtraube unter Ranken
Versteckt, nur schüchtern lauscht ans Licht hervor.
Noch hab' ich meinem Oheim nichts gesagt —

Denn der Geliebte hat es mir gewehrt.
Das macht mich traurig oft. Die Liebe kam
Sanft über mich und legte auf die Stirn
Mir ihre weiche Hand — jetzt muß ich oft
Erschrecken vor dem stürmischen Begehren,
Das hinter ihren süßen Worten lauert.
Und doch — auch dieser Schreck ist Seligkeit,
Unsagbar alles! Horch, er kommt, er ist es!

Zweiter Auftritt.
Fauft (von rechts). Elfe.
Fauft.

Mein Liebchen!

Elfe.

Teurer Mann!

Fauft.

Wie traulich hier
Das Häuschen ... ein beglückender Versteck —
Fern rauscht der breite Strom der Welt vorüber,
Wie draußen unser alter Vater Rhein.
Und hier — in deinem Arm ein süßes Glück!
Sieh, Else, wir, die müd' vom Denken sind,
Wie weitgereiste Wandrer sitzen wir
An diesem Quell und hören nur sein Rauschen
Und fühlen nur die Frische, die uns anweht
Aus seiner ewig neu ergoßnen Flut.
Gedankenlos zu sein, der Menge Vorrecht,
Das sie auf Weg' und Stegen frei genießt,

Ist uns der Sehnsucht schwer erreichtes Ziel.
Ruht unser Haupt in treuer Liebe Schoß,
Dann spricht Natur nur und die Geister schweigen.

Else.
Du einz'ger Mann — o schwieg' auch das Gewissen!

Faust.
Mit solcher Mahnung störst du jedes Glück.
Gewissenlos ist alles, was die Schranken
Der ew'gen Langenweile überfliegt —
Ein gut Gewissen hat nur sie allein.

Else.
Wie anders wäre mir zu Mute, wenn
Mein Onkel darum wüßte — und warum
Verschweigen wir's dem Mann, dem ich so viel
Zu danken habe?

Faust.
Er versteht uns nicht,
Wie wir uns selbst verstehn! Die fremde Weisheit
Legt nur ein Kuckucksei ins Nest der Liebe.
Wo zwei beseligt sind, was soll der dritte?

Else.
Uns segnen, Faust.

Faust.
Wenn unsre Liebe nicht
Den höchsten Segen in sich trägt, so wird
Kein andrer ihn auf uns herabbeschwören!
Und grade jetzt, mein Kind — ich möchte nicht
Vom Onkel Gutenberg mich segnen lassen,

Denn gegen ihn erregt ist all mein Sinnen.
Unklug bedroht er ein gemeinsam Werk;
Er sitzt im Kerker jetzt.
Else.
Der arme Onkel!
Faust.
Wer hieß ihn unsre Arbeit auch entweihn
Und sie gemeinen Zwecken dienstbar machen?
Gemein ist alles, was der Tag erzeugt,
Gemein der Kampf der Stände, der Parteien.
Denn dieser Reichstag ist ein Bottich nur,
Wo alles unklar durcheinander gärt
Und thöricht war's, sich in den Streit zu mischen.
Was kümmert's uns, ob Bürger oder Ritter?
Des einen Maultier wie des andern Streitroß
Trägt einen Pack von Vorurteilen nur;
Und hinter ihren blöden Stirnen blitzt
Kein zündender Gedanke! Mögen sie
Sich selbst vernichten, wie es Brauch ja ist
Bei dem Getier, das in der Schöpfung haust!
Das große Schwungrad dieser herrlichen
Natur ist ja, daß eins das andre auffrißt.
So lebt sie durch den Tod und daß sie lebt,
Ist selbst ein überflüssig Wunder nur.
So geht's, mein Kind, auch in der Menschenwelt;
Man muß sie ruhig sich verzehren lassen!
Doch Gutenberg ergriff Partei und hat
Leichtfertig unser großes Werk gefährdet.
Die Welt beginnt, damit sich zu beschäft'gen;

Man spürt ihm nach, dem Willen und dem Zweck,
Man wägt und prüft; doch was die Welt beherrscht,
Das muß wie eine Offenbarung kommen,
Ein Leuchten aus dem Himmel über ihr —
Geblendet nur läßt sie am Zaum sich führen.

Else.

Warum die strenge Strafe meines Ohms?

Faust.

O fürchte nichts, mein Kind! Der Kaiser ließ
Ihn heut verhaften, giebt ihn morgen frei.
Das ist so seine Art; denn heut und morgen
Sind wie zwei Pole und die Erde liegt
Dazwischen! Was er spricht, ist Ueberraschung
Für andre und für ihn ... genug davon!
Bald aus der Haft wird Gutenberg befreit,
Doch schwer geschädigt hat er unser Werk!

Else.

Was soll draus werden, wenn ihr euch entzweit?
Auf eurer Eintracht ruht mein ganzes Hoffen.

Faust.

Sind wir nur einig — mag durchs ganze All
Der Riß der Zwietracht klaffen! Und wir sind es!
So laß die Stunden nicht vorüberfliehn!
Nein, jede locke wie ein Vögelchen,
Das eine reiche Gab' im Schnabel trägt!
O nimm sie ab und drücke sie ans Herz.
Es rankt der Feuerwein sich um das Haus —
Bald schwingt der Lese trunknes Fest die Becher

Und Feuergarben steigen zu den Sternen.
O warte nicht, bis die Bacchanten kommen.

Else.

Wer ist das... die Bacchanten?

Fauſt. Wilde Zecher
Und wilde Fraun, die mit gelöſtem Haar
Und den umkränzten Stab in ihren Händen
Zum Klang des Cymbals durch die Berge irren
Und Liebe atmend ſel'ge Liebe ſuchen.
O in der Traube gärt der Sonne Glut;
Wir harren nicht, bis ſie zum Moſt gekeltert,
Wir pflücken ſie und reichen ſie uns dar.
O warte nicht, bis die Bacchanten kommen!
Sei ſelbſt Bacchantin, ſel'gen Rauſches voll!
Führſt du den Taumelkelch an deine Lippen
So ſei zugleich für mich ein Taumelkelch,
Aus dem ich aller Wonnen Fülle ſchlürfe —
Hier hüllt uns eine grüne Dämm'rung ein
Und keine Ranke, die durchs Fenſter blickt,
Verrät das Paradies, das wir uns ſchaffen.

Else.

Mein Einziger! O alles geb' ich gern
Dem Heißgeliebten hin; ich hab' ja wenig
Und wertlos iſt das Wenige den andern.
Doch nur der Liebe geb' ich's, die allein,
Von allen Fraun und Mädchen dieſer Erde
Nur mich begehrt! So ſprich, du einz'ger Mann,
Bin ich dein einzig Weib?

Fauſt.
Was ſind die andern,
Mit dir verglichen?

Elſe.
Das beweiſt noch nicht,
Daß du gering ſie achteſt! Das Geringe
Hat ſicher ſeinen Wert auch und man ſteigt
Zu ihm herab, wenn juſt die Himmelsleiter,
Die in die Höhe führt, hinweggeglitten.
Ich aber teile nicht mit ihm — ſieh, Fauſt,
Ich will nichts Eignes haben neben dir.
Bin ich die Blume, nimm ſie Blatt für Blatt!
Doch nicht im Strauß will ich die Blume ſein —
So wahr' ich jedes Blatt für mich allein!

Fauſt.
Mein liebes Mädchen — ſieh, du biſt die Blume,
Die hier allein in duft'ger Schönheit glänzt;
Und hatt' ich einen Strauß ... er iſt verblüht,
Ich warf ihn in den Rhein.

Elſe.
Iſt's Wahrheit, Fauſt?

Fauſt.
Die Lüge ſei verſenkt in ſeine Tiefen;
Du biſt an Leib und Seel' ein wonnig Kind.

Elſe.
Und ich bin deine Wonne — nimm mich hin!
(Kuß und Umarmung; die Thür wird aufgeriſſen.)

Dritter Auftritt.

Dyma (eine Reitpeitsche in der Hand). Vorige.

Dyma.

Verräter!

Faust.

Dyma!

Else.

Ich vergeh' vor Scham —
Wie kommt die fremde Dame hier ins Haus?

Dyma.

Ich hab's geahnt, doch da ich's selbst erblicke,
Ist jene Ahnung, die mich fiebern machte,
Nur wie ein Nebelstreif, der Kinder schreckt!
Jetzt aber schauert's mir durch Mark und Bein,
Wie lähmendes Entsetzen. Schimpf und Schande,
Untreue, Wortbruch —

Faust.

Nimmermehr — ich habe
Mich in so enge Fesseln nicht verstrickt;
Des Herzens Freiheit hab' ich stets gewahrt.

Else.

Was hör' ich? Wie? Sie hat ein Recht auf dich?
So bin auch ich betrogen — Gott im Himmel!

Faust.

Verwüst'rin eignen Glücks und fremden Glücks —
O, welch ein Dämon hat dich hergetrieben?

Dyma.

Das Feuer deiner Blicke war verlöscht;

Es lag ein Sklavenjoch auf deiner Seele.
Daß aus dem Gluthauch meiner Leidenschaft
Sie flüchten wollte, wie man Hab und Gut
Aus Flammen rettet — ich empfand es wohl!
Ja müd geworden warst du meiner Liebe —
Und Ruhe ließ mir's nicht, bis ich's erkundet.
Spione fand ich, die dem Wunderdoktor
Auf allen Spuren folgten und zuletzt
Der keuschen Liebe Heiligtum entdeckten!

Faust.

Unwürdig einer Edeldame ist's,
Den Schritten des Geliebten nachzuspüren
Und Hunde auf die Fährte ihm zu hetzen.
Und hat man das Vertraun zu ihm verloren,
So setzt man still ihm einen Leichenstein,
Vertrauert ihn — verwünscht ihn, wie man mag;
Doch das Hallo und Hussa wilder Jagd
Trägt nur der Jägerin Beschämung ein.

Dyma.

Beschämung, ja... der Velbenz stolz Geschlecht
Verfolgt mit Hohngelächter die Verirrte,
Die Seel' und Leib dem Tiefgebornen gab.

Else.

Ich muß dies hören... ich ertrag' es nicht!
Laßt mich hinaus... hinweg!

Dyma.

    Dirne, du bleibst!
(Else den Weg vertretend.)

Und nun belohnt mit Spott und mit Verachtung,
Beiseitgeworfen, wie ein Wegelag'rer
Die Blume fortwirft, die er frech sich räkelnd
Bei fauler Rast am Straßenrand erdrückte,
Ich, eine Veldenz — war's nicht Schmach genug,
Daß ich ihn liebte! Muß noch größre Schmach
Mich treffen, daß er meine Liebe täuscht,
Von heut zu morgen mich verrät!

Else.

O Faust,
Vergeben kann ich nie, was du gethan!
Doch vor Beleidigungen mich zu schützen
Ist deine Pflicht; ich will ja nichts mehr, nichts,
Als fort von hier mich stehlen schamerfüllt!
Hast du die Macht nicht, dieses Weib zu bänd'gen,
Daß sie den Weg mir freiläßt...

Faust.

Hör' mich, Else!

Else.

Ich will hinaus. Ihr bleibt ja hier zurück,
Ich räum' Euch ja das Feld ... und die Bacchanten
Und die Bacchantinnen, von denen du
Soeben mir erzählt, sie mögen kommen
Und in die Hand Euch die Pokale drücken.
Ich will's nicht sehn — Ihr seid ja ungestört,
Nur laß mich fort!

Faust.

Bleib', Else, bleib' — du mußt
Mich hören ...

Elſe.

Fürchteſt du das wilde Weib,
So reiß die Peitſche aus den Händen ihr!
Wir ſind kein Kreiſel für die Hochgebornen.

Dyma.

Die Peitſche über dich, vermeßnes Kind,
Du zartes Wunder mit dem Engelsleib —
Verkünden würden ſeine blut'gen Striemen,
Daß er von irdiſcher Natur und irdiſch
Die ſüße Lockung, die zur Sünde reizt!
Und ſolche Unſchuld — iſt's nicht bittrer Hohn?
Die insgeheim zu allen ihren Himmeln
Den Schlüſſel giebt ... ein bürgerliches Kind,
Zur Sittſamkeit und Tugend aufgezogen,
Erlognen Heil'genſchein ums Goldgelock.
So ſind ſie alle — alle — doch die eine
Soll mir für alle büßen!

Fauſt.
Eitle Drohung!
Du ſchreckſt dies Kind nicht, das ich ſchützen werde.

Elſe.

O dieſen Schutz verſchmäh' ich, jetzt und immer!

Dyma.

Gewiß mit Recht — er würde dir nichts nützen.
(Zu Fauſt.) Mit dir die Rechnung auszugleichen, Fauſt,
Beſchwör' ich einen Spuk herbei, der dich,
Dein neues thörichtes Gewerb, die alte
Ruhmred'ge Kunſt vernichten ſoll. Behalte

Dein Gold — und wenn der Zauber dir gelänge,
Die Millionen würf' ich dir zu Füßen.
Nichts adelt das Gemeine — nur die Flamme,
Die es verzehrt. Ich kann nur weiterleben
In dieser Welt und ohne Buß' und Reue,
Wenn das zur Asche wird, was mich beschämt.
Ein Spiel nur war ich dir — wohlan, du sollst
Des schwarzen Herzogs Schwester kennen lernen!
(Ab durch die Thür rechts.)

Faust.

Lieb' Else, höre mich!

Else.

Kein Wort — o folge
Der Wütenden, besänft'ge ihren Zorn!
Vielleicht vergiebt sie noch der reu'gen Bitte,
Und läßt durch deine Reue sich beschwören;
Dort ist dein Platz — nicht hier!

Faust.

Was forderst du?
Das Unerhörte — o erwäg es wohl!
Ich kann dir Gegenwart und Zukunft schenken,
Doch nicht Vergangenheit, die mir nicht mehr
Gehört.

Else.

So sprechen nicht begrabne Schatten;
Das ist die Sprache derer, welche leben.
Nicht als Gespenst erschien sie hier, bei Gott!
Ein blühend, glühend Leben — o ich kam
So klein mir vor, so dürftig neben ihr,

Ein Veilchen neben dieser vollen Rose,
Doch leider, leider! kein Vergißmeinnicht!

Fauſt.

Du haſt ja ſelbſt gehört, daß ſie mir zürnt,
Weil ich nur dich jetzt liebe!

Elſe.

Nein, du haſt
Auch ſie getäuſcht, wie mich, und ich vermag
Ihr nicht zu zürnen, wie ſie mir gezürnt.
Wir ſind zwei Opfer nur... o laß mich, Fauſt!
Ich will nicht rechten mit der andern, nur
Mit mir allein! Dahin mein Glück, mein Frieden!
Ich bin die Schuld'ge, welche blind vertraute,
Und Buße will ich thun, ſolang ich lebe!
Vergiß, daß unſre Wege ſich gekreuzt!
Du wollteſt nur der Stunde flüchtig Glück,
Doch ich ein ew'ges; du haſt nichts gewonnen,
Doch alles hab' ich jetzt verloren — alles!

Vierter Auftritt.

Gutenberg. Vorige.

Gutenberg.

Was ſeh' ich, Fauſt!

Elſe.

Mein guter Ohm — und frei!

Gelobt ſei Gott!

Fauſt.

Ha, Gutenberg!

Gutenberg.

Was geht
hier hinter meinem Rücken vor? Was soll's?
Du Else, hier allein mit Faust? Unmöglich!
Das ist ein wüster Traum!

Else (vor Gutenberg niederknieend).

Vergebung, Onkel!

Gutenberg.

So hör' ich recht? Schuldvoll ist die Begegnung?

Else.

O schütze mich vor ihm — und vor mir selbst!

Faust.

Wozu der Auftritt? Spar' die strenge Miene!
Ganz ungekränkt ist deines Hauses Ehre.

Else.

Ich habe längst dir beichten wollen, Onkel.

Faust.

Von dieser Beichte darfst du viel erwarten.
Das ist der Kinder Art — ein Fingerhut
Voll Sünde und ein Ozean voll Reue.

Else.

Ich liebe ihn . . . ich habe ihn geliebt!
Oed war das Leben, wenn ich ihn nicht sah!
Und sah ich ihn, so war's ein Kinderfest
Der Seele, ein Geläut mit allen Glocken.
So liebt' ich ihn, so glaubt' ich mich von ihm
Geliebt! Ich wollt' es gern bir offenbaren;
Denn wie ein Alpdruck lag mir's auf der Seele,

Daß ich ein solches Glück verschweigen konnte.
Er wünscht' es nicht ... ich schwieg!

Gutenberg.

Steh auf, mein Kind!

Else.

So glaubt' ich mich geliebt — und war es nicht!
Denn einer andern hat sein Herz gehört
Und diese kam, es sich zurückzufordern.
Er brauchte das Geheimnis, weil er sich
Vor offnem Wort gescheut; er konnte ja
Zugleich um mich und eine andre werben
Am selben Tag! Ich aber kehre jetzt
Zurück zu dir und an dein Herz, mein Ohm,
Wenn du mich nicht verstößest!

Gutenberg.

Armes Kind!

Else.

Ich kehr' zurück ... ja arm, du hast's gesagt,
Und war so reich doch, unermeßlich reich.
Daß man so über Nacht zum Bettler wird!
Nichts bleibt von allen Hoffnungen und Wünschen
Als das Gefühl, das mir das Herz zerreißt:
Ich ward betrogen und ich lieb' ihn noch!
(Gutenberg führt sie zum Sofa, auf welches sie sich setzt, das
 Gesicht in den Händen verbergend.)

Gutenberg.

Und jetzt — zu dir!

Faust.

Ein feierlich Gericht.

Die heil'ge Feme!

Gutenberg.

Spott und Hohn? Du hast
Ein jedes Recht verwirkt auf meine Freundschaft.
Dies Kind war mir das Liebste auf der Erde,
Du hast dich eingeschlichen mir's zu rauben.

Faust.

So warte doch, bis ich, den Blumenstrauß
In meiner Hand, als feierlicher Werber
Zu dir ins Haus gekommen — nur Geduld!
Du schneidest allzufrüh den Weg mir ab,
Der mich zur Buße und zur Gnade führt.

Gutenberg.

Du weißt zu gut, daß ich des Mädchens Hand
Nie in die Hände eines Wüstlings lege,
Und war sie selbst vielleicht im Wahn befangen,
Du könntest eine treue Liebe hegen
Und eines ganzen Lebens Glück ihr schenken —
Sie hat ja ihre Täuschung schon erkannt,
Rechtzeitig schon das bittre Weh erfahren.
Die andre kam — die eine von den andern,
Und meine Else weiß genug!

Faust.

Genug
Von dem, was Bas' und Onkel schwatzt — nun, nun!
Wenn ich der Abenteuer müde mich
Gesehnt nach einem trauten stillen Herd,
Wer wagt's, mir hindernd in den Weg zu treten?
Ich kann ein andrer werden, als ich war;
Denn selbst die Schlange häutet sich.

Gutenberg.

                                     Du nicht!
Dich treibt ein Dämon, der sich wandeln mag;
Weil blendend er in allen Farben schillert;
Doch giftig sind sie alle! Nichts von allem,
Was ruhig wirkt und waltet, ist dir heilig.
Wie sollte dir die Liebe heilig sein,
Das stillste Wunder, das die Schöpfung kennt,
Das langsam reift nur bei Geduld und Treue?
Du liebst nur wie der Sturm bequemen Raub,
Die welken Blätter und zerpflückten Blüten.
Mit Hohn und Spott verfolgst du alles Hohe;
Dein eigen Leben aber zehrst du auf
Im flammenden Genuß des Augenblicks.
So hab' ich dich erkannt — und seufze oft,
Daß ein gemeinsam Wirken uns verbindet.

Faust.

Unlösbar ist dies nicht — bei Tod und Hölle!
Ich, der die Macht in Händen habe, soll
Mich hier von dir herunterkanzeln lassen?
Und ein gemeinsam Werk — ich sah es längst,
Es ist zu groß für deine schwache Hand!
Dem Reichstag hast du alles ausgeplaudert,
Ein wack'rer Bürger, der fürs Nächste sorgt!
Du sorgst fürs Storchennest in deinem Dorf.
Dies Werk muß aus dem Horst des Adlers stammen,
In dessen Krallen Gottes Blitze flammen.
Du warst in Haft — und das war mir genehm;
Denn in des Kerkers Mauern mußt du schweigen,

Nun bist du wieder frei — ich seh's mit Staunen
Und Mißvergnügen!

Gutenberg.

Ja, der Kaiser hat
Mir meinen Fehl verziehn — den Kanzler schickt' er
Zu mir in das Gefängnis, mir zu sagen,
Ich mög' im stillen rüstig weiter schaffen.
Er habe drüber nachgedacht — die Sache
Sei nicht gering zu schätzen und es könne
Ein kluger Fürst daraus wohl Nutzen ziehn!

Faust.

Das ist ein kleiner Geist, so wie der deine!
Laß ab von unserm Werk! Du hast's erdacht,
Das sei dir Ruhms genug — war's auch nicht mehr
Als müß'ger Einfall einer guten Stunde.
Was — Bibeldruck und ew'ge Litanei!
Nein, jetzt bedarf es eines kühnen Griffs,
Das Werk zu heben, in die Welt zu schleudern,
Daß seinen Riesenflug das Volk bestaunt
Und daß es zündend fährt ins bröckelnde
Gemäuer — wohl! Ich nehm's in meine Hand.

Gutenberg.

Du wolltest —

Faust.

Des Genossen mich entleb'gen,
Der mir ein Hemmnis wird.

Gutenberg.

Mich, den Erfinder —

Fauſt.

Beiſeiteſchieben, ſein Geſchäft iſt aus!
Gieb mir mein Geld zurück... Du kannſt es nicht,
Ich weiß es wohl! So nehm' ich das Gezeug,
Das du verpfändeſt haſt; ein jeder Richter
Spricht es mir zu nach zweifelloſer Satzung.

Gutenberg.

Das kann nicht ſein — verarmt wär' mir das Leben.
Und müſſig zuſehn ſollt' ich frembem Fleiß?
Noch bin ich auf dem Weg, ein Beſſeres
Zu finden als bisher und zur Vollendung
Zu führen, was ich ſchuf. Du kannſt nicht ſo
Den Weg mir kreuzen — wie du ſonſt auch denkſt;
Das Werk, das große, liegt auch dir am Herzen.

Fauſt.

Vollenden werd' ich's ohne dich — du haſt
Als Wurm dich fleißig eingeſponnen, jetzt
Soll frei der Falter ſeine Schwingen regen.
Es giebt auch andre Geiſter neben dir,
Die ſchöpferiſch erſinnen und geſtalten;
An deine Werkſtatt ſind ſie nicht gebannt.
Gieb mir aus freien Stücken das Gezeug,
Zu mir herüber nehm' ich die Geſellen!
Ich mache einen Strich durch unſre Rechnung.
Doch bringſt du's vor Gericht, ſo wird das Mehr,
Das ich zu ſtreichen dann mich weigern muß,
Dich in die wohlverdiente Schuldhaft führen.

Gutenberg.

Soviel der ſchlummerloſen Nächte zählt

Mein Leben schon ... ob ihre Kette sich
Verlängert bis ans Grab, wen mag es kümmern?
Erkämpfen mußt' ich mir ein Stückchen Leben,
Ein Stückchen Arbeit oft in Not und Sorge;
Da lauerten die andern auf Gewinn
Und aus den Händen mußt' ich ihnen reißen
Mühsam geschaffnes Werk. Wär' nicht die Arbeit
Ihr eigner Lohn, es stünde schlimm darum;
Denn nicht den Arbeitsbienen, nein, den Drohnen
Gehört die Welt! Und mächt'ger als die Arbeit
Und mächt'ger als der Geist, der sie belebt,
Ist jene Erbschaft eines toten Stoffes,
Der alles Lebende in Fesseln schlägt,
Der, wo er herrscht, Tyrannen schafft und Schwelger,
Und Sklaven und Gespenster, wo er fehlt!
Machtlos rang ich mit dieser Macht zeitlebens
Und jetzt schlägt sie den Stab mir aus der Hand,
Und wie ein Blinder tast' ich führerlos
Mich durch die Welt, denn meines Lebens Licht
Erlischt mir mit dem Werk, das man mir raubt.

Else.
O wenn dich meine Liebe trösten könnte!

Faust.
Die Welt ist zum Genuß — und Arbeit ist
Für die Beladnen nur, die einen Fluch
Aus einer andern Welt herüberschleppen;
Denn diese Erde ist ein Jenseits schon
Für die Geburten eines andern Sterns.
Doch auf dem Goldstrom schwimmt das Lebensschiff

Der Auserwählten, freier stolzer Geister,
Die Blüt' und Frucht und jede Erdengabe,
Den Hauch der Lüfte und die Gunst der Sterne
Ins eigne Lebensblut zu wandeln wissen.
Genuß ist alles und Gewinn für sie
Und was sie schaffen, mehrt nur ihre Macht!
So reiß' ich dieses Werk dir aus der Hand —
Ein schläfrig Handwerk meide freie Kunst,
Das Gold erob're mir die Welt — das Blei
Zerstör' den Wahn und mach' die Geister frei!

Else.

Durch meine Schuld! Wie du erbleichst, mein Ohm,
Mein Vater! Sieh, es geht ihm an das Herz.
So grausam, Faust, kannst du nicht sein — ich bitte
Auf meinen Knie'n — und hast du mich geliebt,
Wie man ein Spielzeug liebt, magst du's zerbrechen!
Doch wenn's dich einen Augenblick erfreute,
Sei dieses Augenblickes eingedenk!
O wende dich nicht ab — hör' meine Bitte!

Gutenberg.

Steh auf, mein Kind, denn du erniedrigst dich.

Else.

Nochmals, bei meiner Liebe!

Faust.

    Laß sie schlummern!
Du siehst, sie trägt den Fluch von Anbeginn.

Elſe.
Vereinigt euch — reicht euch zum Bund die Hand!
Fauſt.
Feſt ſteht mein Willen jetzt.
Elſe.
So bin ich elend
Und einen kurzen Traum des Glücks büß' ich
Mit ew'gem Vorwurf, der die Seele quält.
Gutenberg.
Ich habe dir verziehn... nicht länger bitte
Den Mann, der dich verderben wollte... komm!
Wie er ſich überhebt — ich darf mein Haupt
Viel höher tragen, denn hier ward das Kind
Geboren und er — ſchaukelt nur die Wiege,
Und all dein Gold kauft von dem armen Mann
Den Ruhm nicht ab, den die Erfindung giebt
Und der die Thaten ſchaffende Gedanke!
Leb' wohl — und dieſe Blume, die du frech
Zu pflücken dachteſt, ſoll das Leben mir
Mit ſüßem Duft erfreun — dem Duft der Liebe.
(Wendet ſich zum Abgehen, kehrt noch einmal um.)
Mein Werk... mein Werk... ich trag' das Schwert
im Herzen!
Das eine nur — ich will daneben ſtehn,
Geächtet, machtlos... aber du, o laß
Es nicht zu Grunde gehn, o hüt' es, pfleg' es
Und förd're ſein Gedeihn — verdamme mich,
Verfluche mich, doch halt' mein Werk in Ehren!

Ein Frühling schlummert drin mit tausend
                          Blütenträumen.
Und diesen Lenz darf nicht die Welt versäumen!
O komm, mein Kind, und führe mich! Denn heut
Bin ich gelähmt und staunen darfst du nicht,
Wenn morgen ich zum alten Mann geworden.

          (Ab mit Else, der Vorhang fällt.)

Fünfter Akt.

Scene: Ein freier Platz in Mainz — links und rechts münden Straßen in denselben. Im Hintergrunde ein größeres Haus mit einem Anbau — erleuchtete Fenster. Neben demselben führt eine Straße bergan, die über dem Hause einbiegt. Turm einer hoch= gelegenen Kirche. Rechts im Vordergrunde ein Häuschen mit einem kleinen vergitterten Vorplatz. Herbstabend. Mondschein.

Erster Auftritt.

Gutenberg (dürftig gekleidet, auf den Stab gestützt, an Else gelehnt).

Gutenberg.

Sieh, sieh, auch an des guten Pfisters Wohnung
Klopft schon der Herbst an, der die Blätter färbt.

Else.

Der wilde Wein verliert sein saftig Grün
Schon vor der Zeit; er eilt dem Herbst voraus.

Gutenberg.

So wird mein Leben fahl und welk, noch ehe
Der Herbst ins Haar mir graue Fäden spinnt.
Ich kann nicht ruhn und wandre Tag und Nacht;

Du aber giebst mir treulich das Geleite!
Wenn ich in meiner stillen Zelle sitze,
Kommt meines Lebens Jammer über mich.
Ein unvollendet Werk ... die müß'gen Hände,
Der Geist so hilflos, der nichts schaffen kann,
Und alles, was darin sich regt, ist tot!

Else.
Ich hoffe noch ... ihm wird ein neues Leben
Aufgehn!

Gutenberg.
    Und dann das Elend, armes Kind!
Es macht uns unfrei — in den Bettelstab
Verwandelt sich des schöpferischen Geistes
Erträumtes Scepter. Hab und Gut verschwindet;
Ich bin ein Werkmann, der Gemeines schafft,
Und bin gelähmt, will ich das Große schaffen.
So zehrt sich auf mein väterliches Erbe,
Den Weinberg auch hab' ich verkaufen müssen.

Else.
Die unheilvolle Stätte!

Gutenberg.
    Allzuschlottrig
Ward mir des Ratsherrn faltiger Talar.
Für einen Bettler ist er keine Hülle;
Ich habe mich beeilt ihn abzuwerfen.
Mir ward's nicht schwer! Zwiespält'ger Sinn regiert
Die Ratsversammlung, heimlich schleicht und offen
Sich der Verrat in ihre Mitte — besser

Kann ich den Bürgermut, die Bürgertreue
Bewahren als ein schlichter armer Mann,
Der mit dem Volke geht; im Volk allein
Lebendig ist die Ehre dieser Stadt.
Um deinetwillen sinn' ich Tag und Nacht,
Des Elends drohendes Gespenst zu bannen...

Else.

Mein guter Ohm! O nicht um meinetwillen!
Arbeiten kann ich, wenn's die Not gebietet.
Vor keinem Tagewerk schreck' ich zurück.

Gutenberg.
Nein, nein!

Else.
So büßt' ich meine große Schuld!

Gutenberg.

Doch will ich meine Hände regen, greif'
Ich in die Luft; mein Werk ist mir geraubt,
Geraubt die Mittel, um es neu zu schaffen.
Es giebt nur eins — was uns erretten könnte;
Ich müßt' in dieses Mannes Dienste treten.

Else.
O, lieber betteln... hungern...

Gutenberg.
Meine Seele
Ist an dies Werk gebannt.
Ich schleiche um dies Haus, ein irrer Geist,
Und kehr' hierher zurück von jeder Wandrung!
Gespenster giebt's, die ihre Seele suchen,
Und meine Seele ließ ich hier zurück.

Zweiter Auftritt.

Pfister (aus dem Hause rechts). **Vorige.**

Pfister.

Ich hörte Eure Stimme, Meister — seid
Willkommen! Meine Frau erwartet Euch;
Sie hat Euch ein bescheidnes Mahl gerüstet.
Wir wissen ja — Ihr kommt zu dieser Stunde.

Gutenberg.

Ich dank Euch, Pfister! Nun, und unser Werk —

Pfister.

Gedeiht, es liegt in meinen Händen, Meister.
Wohl drucken wir auch ein verwerflich Buch,
Geheimer Weisheit voll und kecker Lehren;
Doch führ' ich fort, was wir begonnen haben.
Faust läßt es zu — das Heil'ge als Geschäft
Ist ihm nicht unbequem, doch ist sein Sinn
Unheil'gem zugewendet! Ging's nach mir —
Ich schlüg' ihm seinen ganzen Kram in Scherben.
Gold sucht er, Gold in der verborgnen Werkstatt
Und alles strömt ihm zu... die goldne Jugend,
Das goldne Mainz — die Söhne der Geschlechter
Und Dirnen hoch hinauf... der ganze Schwarm,
Der um des Mammons Leuchte flirrt und taumelt.
(Hinten im Hause lärmende Festmusik und Hoch!)
Sie alle harren auf den großen Wurf —
Und heute ist er ihm vielleicht gelungen.
Er glaubt es im verwegnen Traum und feiert
Ein Siegesfest mit den berauschten Gästen.

Else.

O laß uns gehn, mein Vater! Fort von hier!
Der Lärm betäubt mein Ohr, zerreißt mein Herz ...
Er weiß es nicht, er fühlt es nicht, der Arge,
Daß er aus seinem Freudenbecher trunken
Auch meine Thränen schlürft!

Pfister. So tretet ein!
Ich muß noch einmal nach der Arbeit sehn,
Doch kehr' ich bald zurück.

Gutenberg.
So komm, mein Kind!

(Gutenberg und Else gehen rechts ins Häuschen.)

Pfister.

Der arme Herr! Bei meinem lahmen Bein,
Ich hinkt' auf beiden lieber durch das Leben,
Als daß ich ihn, der Herrliches ersann,
So hilflos sehen möchte und verlassen.

Dritter Auftritt.

Faust (einen silbernen Pokal in der Hand, aus dem Hause kommend). Pfister.

Faust.

Luft, Luft! Mir steigt's zu Kopf ... der Wein, die Dirnen,
Was die Natur in üpp'ger Laune schafft!
Es lohnt sich noch zu leben, glaub' es nur,
Du ewig Nüchterner, ruf' die Genossen!

Sie sollen in der untern Halle sich
Versammeln und beim Wein sich gütlich thun!

Pfister.

Geschäftig sind sie noch das Werk zu fördern,
Obschon der Arbeit Stunden längst vorbei.

Faust.

Genug der Arbeit — wenn ich Feste feire,
Da soll mein Haus ein Haus der Freude sein
Und niemand aschenbrödeln!

Pfister.

Wohl, ich gehe!

(Ab nach hinten ins Haus.)

Faust.

O ich verlache euch, ihr Sterne droben,
Die ihr auf vorgeschriebnen Bahnen wandelt,
Unfreie Wanderer am Himmelszelt,
Und dich, du bleicher Mond, du blöder Page,
Der du der Nacht mit deiner Fackel leuchtest
Zu jedem wüsten Rausch und Abenteuer,
Indes du selbst, freudloser Himmelswächter,
Die ewig gleiche Straße schläfrig ziehst.
Ja, ich verlache euch ... der Geist ist frei,
Das Herz ist frei — das Heute kennt kein Gestern.
Wie kühlt des Abends Luft die heiße Stirn:
Ein Fund gelang, ich bin dem Ziele nah!
Die Welt ist feil, wenn sich ein Käufer findet.

Vierter Auftritt.

Dyma. Krückenstein. Wache (von links). Fauſt.

Fauſt.

Ha, ſchöne Dyma — ein willkommner Gaſt!

Dyma.

Was ſeh' ich, Fauſt!

Fauſt.

Ich trink' dir zu, Bacchantin!
Was ſchweifſt du ſuchend durch die Nacht? Du ſuchſt
Genuß und Liebe.

Dyma.

Tod dir und Verderben!

Fauſt.

O laß den Blitz des Zorns in ſeinen Wolken
Und ſchwing' den Thyrſus, wie du einſt ihn ſchwangſt,
Als ſeine Reben dich und mich umrankten.
Ich habe Gäſte — komm zu meinem Mahl!

Dyma.

Ich werde kommen — doch nicht jetzt — nicht gleich!

Fauſt.

Der Schönen ſind genug — die Schönſte fehlt!

Dyma.

Dann wird der Schönheit Becher überſchäumen.
Ein Feuertrank iſt's — fürchte ſeine Glut!

Fauſt.

Wir wachen mit den Sternen bis zur Frühe.

Dyma.
Ich bin bei euch noch, eh' der Morgen kommt.

Faust.
Ich harre dein ... und kämst du wie die Windsbraut —

Dyma.
Ich komme wie die Windsbraut — zweifle nicht!

Faust.
O, nicht entblättern wirst du unsre Rosen,
Ihr Duft berauscht, du wirst mit ihnen kosen.
(Faust ab in sein Haus. Krückenstein und Wache, die sich seitwärts mehr im Hintergrunde gehalten.)

Dyma.
Wie langsam schleicht der Abend ... Krückenstein!
Habt Ihr die Wacht am Gauthor aufgesucht?

Krückenstein.
Gewiß!

Dyma.
Ist sie im Rausch?

Krückenstein.
Stark ist der Wein,
Den ich geliefert!

Dyma.
Hab' ich doch die Zeche
Bezahlt mit meines Bruders Gold!

Krückenstein.
Ich freue
Der guten Kundschaft mich!

Dyma.
          Die Söldner sind
Berauscht und werden schlafen?

Krückenstein.
          Tief und fest!
Dyma.
Der Bote meines Bruders kündet mir,
Daß heut dreitausend Mann bei Walluf über
Den Rhein gesetzt — zahlreiche Panzerreiter
Und Schweizer und Wallonen. Kurfürst Adolf
Legt heut noch seine Hand auf diese Stadt.
Am Gauthor wollen sie den Angriff wagen;
Dort ist die Stadt am festesten ummauert,
Doch auch am schlechtesten bewacht ... die tapfern
Und kriegsgeübten Führer: Hans von Schwalbach,
Alwich von Sulz, mein Bruder, Eberhard
Von Königstein mit schlachtgewohnten Truppen
Verbürgen den Erfolg; doch rechnen wir
Auf Euren Rat; er muß den Bürgern wehren,
Sich nutzlos in den Kampf zu stürzen, muß
Den Eingedrungnen sich're Wege weisen.

Krückenstein.

Wir Zünft'gen alle stehn zu euch — wir hoffen,
Daß Kurfürst Adolf der Geschlechter Stolz
Demüt'gen wird und unsre Rechte wahren;
Und halten wird er, was uns Euer Ohm,
Der Wächterbach, versprach in seinem Namen.
Wir bauen fest darauf, sonst wächst ihm sicher
Aus unbelohnter Treue die Empörung.

Dyma.

Der Lohn ist Euch gewiß — still, still — kam nicht
Ein Lärm vom Gauthor her? O wenn's mißlänge!
Hell scheint der Mond, ein unbequemer Warner.

Krückenstein.

Der wüste Lärm im Haus des Magiers
Wirkt so betäubend — horch! Man kann nicht lauschen!

Dyma.

Wie steht's mit Dymerstein?

Krückenstein.

Er zagt und schwankt
Nach links und rechts, doch bricht Gewalt herein,
Da setzt er sich zur Wehr!

Dyma.

Horch ... klopft mir doch
Das Herz! Ich kann es kaum erwarten, bis
Des Schreckens große Stunde endlich schlägt,
Die all den Sturm in meiner Brust entfesselt.

Fünfter Auftritt.

Lichtenberg (atemlos von links). Vorige.

Dyma.

Ha, mein Spion!

Lichtenberg.

Sie sind herein!

Krückenstein.

Unmöglich —
Noch regt sich nichts!

Lichtenberg.

Ich sah's mit eignen Augen;
Die Mauer kamen sie herab — sie hatten
Mit ihren Sensen durch das Dorngestrüppe
Der Gräben sich den Weg gebahnt ... ich hörte
Im sicheren Versteck, wie sie's erzählen!
Die Wächter alle waren eingeschlafen;
Nur eine Eule wachte auf der Mauer
Und fegte mit Geräusch den Schutt herunter.
Da stand der Feind erschreckt und zögerte
Die Leitern anzulegen, bis der Vogel
Von dannen flog und seinen Namen rief!

Dyma.

Den Uhu nehm' die gute Stadt ins Wappen!
Das Nachtgevögel schützt das goldne Mainz!

Lichtenberg.

Dann überstiegen sie die Mauern schnell;
Die trunknen Wachen wurden rasch entwaffnet.
Ich eilte fort, die Kunde Euch zu bringen;
Da tönte hinter mir ein laut Geschrei!
Die Wache, welche durch die Straßen zieht,
Hat schon den eingedrungnen Feind bemerkt;
Von ihrem Lärmruf wird die Stadt erweckt.
(Glockenläuten hinter der Scene.)

Krückenstein.

Zum Kästrich auf, dem Feind den Weg zu weisen!

Dyma.

O laßt die Wache mir — und geht allein!

Man könnte sonst unfreundlich euch empfangen,
Aus Mißverständnis euch für Feinde halten.
Ich aber brauche diese tapfern Leute,
Aus seinem Nest den Vogel auszuheben.
Jetzt herrscht Bestürzung, Taumel und Verwirrung!
Das ist die Luft, in der ich freudig atme!
Das Recht ist tot — und die Gewalt ist frei;
Jetzt gilt's, sich seiner Feinde zu bemächt'gen.

Krückenstein.

Es sei!

Dyma (zur Wache).

Folgt mir zum Hause Gutenbergs!

(Ab mit Wache und Lichtenberg.)

Sechster Auftritt.

(Hornrufe von nah und fern. Bürger und Frauen stürzen auf
die Bühne; gleich darauf Pfister, Berthold, Mendel, Keffer
bewaffnet aus Fausts Hause.)

Bürger und Frauen (über die Bühne eilend).

Verrat, Verrat!

Pfister.

Der Feind ist in der Stadt!
Bei meinem lahmen Bein, jetzt geht's noch einmal
Zur lust'gen Arbeit, die dem Mann geziemt.
Wir ahnten schon den Spuk und sahn uns vor.
Marktmeister, zu den Waffen! Seht Ihr nicht,
Wie rasch wir selbst uns kriegerisch bewehrt?
Und Beil und Hammer — alles wird zur Waffe!

Mendel.

Ihr steht ja wie ein armer Sünder da
Und guckt empor, als hing' am Himmel dort
Der Strick herunter, der Euch selig macht.
(Froher Tusch der Musik aus Fausts Hause.)

Berthold.

Der Meister Faust erfreut sich beim Gelag,
Als herrschte ringsumher der tiefste Frieden.
Wir wollen ihn nicht stören.

Pfister.
O das thut
Nicht not ... das werden andre schon besorgen.

Siebenter Auftritt.

Dymerstein (gewaffnet mit einem Haufen Bürger in Harnisch, Sturmhaube mit Spieß und Schwert, Streit= und Morgenstern von rechts). Vorige.

Dymerstein.

Hinauf die Gaustraß' — schlagt den Feind zurück!
Wir sind verraten. Fluch auf den Verräter!
Ha, Krückenstein!

Krückenstein.
Was wollt Ihr, Bürgermeister?

Dymerstein.

Ihr seid verdächtig längst, habt insgeheim
Verkehrt mit Wächterbach und seiner Nichte!

Krückenstein.

Ich sag' es frei — wenn unserm Herrn und Fürsten

Die Thore Ihr versperrt, so ist's sein Recht,
Sie mit Gewalt zu öffnen!

Dymerstein.

Wohl, so sollst
Du die Gewalt des gnäd'gen Herrn verspüren.
Nehmt ihn in eure Mitte, ja er soll
Der ersten einer in den Kampf!

Pfister, Mendel, Berthold.

Haha!

Pfister.

Ihr habt das Faß nicht fest genug verspundet,
Da läuft das Bier Euch aus!

Mendel.

Ihr freut Euch schon,
Die guten Freunde draußen zu bewirten,
Sie werden Euch vorher die Zeche zahlen.

Dymerstein.

Zum Kampfe fort!
(Dymerstein, die Bürger, die Krückenstein in die Mitte genommen, ab nach links.)

Mendel.

Wir schließen uns den Tapfern an!

Pfister.

O nein!
Wir bleiben hier als todesmut'ge Wacht
Vor unserm Heiligtum, das höhern Wert
Besitzt als eine halbe Stadt!

Mendel, Berthold, Keffer.
So ist's.

Pfister.
Ich muß nach meinen Gästen sehn; da sind sie.

Achter Auftritt.

Gutenberg, Else (aus Pfisters Haus). Vorige.

Gutenberg.
Was giebt's?

Else.
O welch ein Lärm, welch Angstgeschrei!
Und was bedeutet das Geläut der Glocken
Vom Stephansturm?

Pfister.
Der Feind ist in der Stadt,
Ein Ueberfall!

Gutenberg.
Verrat — ich sah es kommen;
Die alte Freiheit stirbt! O hätte lieber
Der Rhein mit überschäumend zorn'ger Flut
Die Stadt hinweggespült mit Turm und Zinnen,
Als daß ein Fußtritt der Gewaltigen
Sie niederwirft in den gemeinen Staub
Und Bürgerrecht und Bürgerstolz begräbt!
Doch Waffen, Waffen — ich bin waffenlos.
Ich eil' zu Hause, rasch das Schwert zur Hand!
Den Panzer um — die Sturmhaub' aufgesetzt!
Sorgt für mein Kind — ich kehre gleich zurück!
(Ab nach rechts.)

Mendel (nach links sich wendend).

Da wogt der Kampf — jetzt vorwärts, jetzt zurück!

Neunter Auftritt.

Dyma (mit ihren Gewaffneten von rechts). Vorige.

Dyma.

Das Nest ist leer ... der Vogel ausgeflogen,
Doch seh' ich recht? Bei Gott — sie ist's. Mich hat
Mein guter Stern hierhergeführt! Ergreift sie
Und dann mit ihr ins tiefste Burgverließ
In meines Bruders Schloß.

Else.
    O Hilfe, Hilfe!

Pfister.
Was giebt's? Was ist? Wer ist das Weib?

Mendel.
Wie dürft Ihr Hand an dieses Mädchen legen?

Dyma.
Wer will mir's wehren? Bei der allgemeinen
Abrechnung dieser wunderbaren Nacht,
Da regl' ich meine kleine Schulden auch.

Else.
Schützt mich vor ihr und ihrem wilden Haß!

Pfister.
Das wollen wir — wahrt Eure Haut, Verräter!

Ihr seid ja Bürger, die dem Feinde dienen.
Hinweg von diesem Mädchen!
(Pfister, Mendel, Berthold, Keffer bringen auf die Gewaffneten der Dyma ein und schlagen sie zurück.)

Dyma.
     Haltet ein!
Steht ab vom Kampf! Es lohnt nicht, tapfres Blut
Um einer Dirne willen zu vergeuden!
Doch Flammenregen auf des Bräut'gams Haupt!
Dann mag mit dem Gespenst sie Hochzeit feiern.
Kommt, Freunde, folgt mir jetzt zum Fackeltanz!
In meinem Haus ist alles zugerüstet,
Dann zeig' ich euch den Weg zum lust'gen Reigen.
(Ab mit Gewaffneten.)

Else.
Ich dank' euch — dank' euch, Freunde! Doch was
          sinnt sie?
Verderben will sie Faust — ich muß ihn warnen!
Laßt mich hinein —

Pfister.
    O nimmer, thöricht Kind!
Was willst du bei dem schwelgerischen Fest,
Bei deines Vaters Feind?

Else.
     Mein Sehnen ging
Dorthin, dorthin! Dort leuchtet Glück und Lust!
Warum habt Ihr das Leben mir gerettet!
Verlassen bin ich, nur ein Schatten noch?
Der Nacht gehör' ich, und sie war bereit
Mich aufzunehmen! Dieses Weibes Dolch

War gnädiger als eure Schwerter sind,
Die mich vor ihm geschützt. Doch nein! Doch nein!
Dies Weh darf ich dem Vater nicht bereiten;
Ans Leben bindet mich des Dankes Pflicht.
Mit ihm die gleichen Pfade will ich wandeln,
Und führten sie dem Abgrund zu! Mein Vater!

Zehnter Auftritt.

(Gutenberg im Harnisch, gewaffnet, hinter ihm bewaffnete Bürger von rechts.)

Pfister.

Kommt, Meister, Eure Tochter zu umarmen!
Ihr Leben wird bedroht — die Gräfin Veldenz
Kam wie der Blitz, begleitet von Verrätern
Aus unsrer Bürgerschaft, und wollte Hand
An Eure Else legen; doch wir schützten
Sie mit den Waffen in der Hand.

Gutenberg.
      Ich dank' euch!
O Else, meine Else! Doch was suchst
Du hier?

Else.
  O laß mich, Vater, laß mich! Sehn
Will ich das Schreckliche mit eignen Augen,
Das wie ein wüster Traum uns rings umgiebt.
Und dann — sie schied mit einer Drohung, Vater,
Ich kenne sie — nichts hemmt sie — und es haftet
Mein Auge wie gebannt an jenem Hause,
Da wird mein Stern in Wettern untergehn.

Gutenberg.

Komm hier ins Haus! Der guten Meisterin
Empfehl' ich dich — hier draußen droht Gefahr
Bei jedem Schritt — so zögre nicht!
(Führt die sich sträubende Else ins Haus Pfisters rechts.)

Mendel (zu den Begleitern Gutenbergs).

Hier schließt euch an und schützt mit uns dies Haus,
Das einen seltnen Schatz verbirgt!

Berthold (nach links sehend).

Seht, seht!
Dort auf dem Dietmarkt welch ein wild Getümmel —
Der schwarze Herzog mit den Eisenreitern!
(Ferne Kriegsmusik.)
Die Unsern fliehn . . . wir halten stand, Genossen!
(Dyma erscheint mit zehn bewaffneten Fackelträgern, geht im
Hintergrunde über die Bühne den Berg hinauf.)

Mendel.

Was will sie? O was sinnt die Rasende?
Es geht der Zug den Berg hinauf — sie winkt,
Sie folgen ihr!
(Die Bergstraße etwas in die Höhe steigend)
Was seh' ich? Alle Wetter!
Dort schleudern sie Brandfackeln in das Haus
Des Faust! O unsre Werkstatt — Hilfe, Hilfe!
Mordbrennerin — o rettet das Gezeug!
Ich bringe durch die Seitenthür ins Haus,
Wenn's nicht die Flammen wehren!
(Verschwindet oben.)

Pfister, Berthold.

Rettet! Rettet!

(Sie bringen ins Haus von Fauſt, aus dem die Flammen in die Höhe ſchlagen.)

Elfter Auftritt.

Fauſt. Junge Mainzer im Feſtſchmuck. Vorige.

Alle.

O Hilfe, Rettung!

Fauſt.

Die geheimen Bücher,
Die Niederſchriften alle, Zeugniſſe
Errungener Erfolge — Zukunftspläne!
Ein Raub der Flammen … alles … und von neuem
Muß ich mein Werk beginnen!

Mendel (von oben kommend).

Unerhörte That!
Das Volk, ergrimmt, beſiegte das Geleit
Der Mörderin und warf ſie in die Flammen.

Fauſt.

Verderberin, der eignen Rache Opfer,
Du ſchönes Weib, das mich bethört! Die Hülle
Der Schönheit fällt, zermürbt vom Flammenhauch;
Vom Scheiterhaufen tönt der Todesſchrei
Der Hexe durch die Nacht. So ſtirb, Verruchte!

Zwölfter Auftritt.

Gutenberg (aus dem Hause rechts). Im Hintergrunde von links sammeln sich flüchtige bewaffnete Bürger. Faust.

Gutenberg.

Was seh' ich, Faust — und deine Werkstatt steht
In Flammen ... und dein Haus!

Faust.
Ja, Gutenberg!
Ich werde wandern müssen, bis es neu
Erbaut sich aus dem Schutt erhebt.

Gutenberg.
Mein Werk!
So hat es keine Freistatt ... nicht einmal
Bei dem, der mir's geraubt!

Faust.
Wie soll's gedeihn,
Solange Stadt und Land ein Tummelplatz
Der rohen Kräfte sind und Ritter, Bürger
Und Mönch der Zwietracht Fackel friedlos schwingen.
Du pflegst das Faustrecht als ein tapfrer Bürger
Und das zerschlägt dir ewig deinen Fleiß.
Eh' unser Werk den blöden Wahn zerstört,
Wird er's noch oft zerstören. Leb' und stirb,
Ein Sklav' der Menschheit — o sie lohnt dir's nicht.
Verachte sie, so bist du frei! — Ich gehe
Und der verborgne Schatz, den ich gesammelt
Am sichern Ort, wird irgendwo auf Erden,
Vielleicht im fernen Osten, meiner Kunst
Noch eine Zukunft gründen! Lebe wohl!
(Ab nach links.)

Gutenberg.

Nur auf dem heimatlichen Boden wächst
Die Kraft des Manns — und ohne Bürgerfreiheit
Ist auch der Geist ein Sklave der Gewalt,
Und was er schafft, ein totgeboren Ding.
(Zu den Gewaffneten, die sich gesammelt.)
Die Brust dem Feind entgegen, todesmutig!

Lichtenberg.

Ihr kämpft umsonst — der Dymerstein ist tot!
Er fiel im Kampf, mit ihm viel' edle Söhne
Des goldnen Mainz.

Gutenberg.

Ihr alle werft ja nicht
Dem Feind entgegen ein verarmtes Leben
Wie ich, dem alle seine Stützen sanken,
O um so größer ist der Opfermut!
Ihr weiht der Vaterstadt die vollen Hände,
Indes ich nur den rost'gen Heller spende!
(Kriegsmusik von links.)

Dreizehnter Auftritt.

Ludwig von Velbenz (im schwarzen Harnisch), dahinter Ritter und Knechte in Waffen. Gutenberg und die Seinen treten auf der rechten Seite der Bühne ihm gegenüber.

Ludwig.

Gebt frei den Weg, Rebellen!

Gutenberg.

Nein, wir schützen
Das goldne Mainz und seine goldne Freiheit.

Ludwig.

Der Pflug soll über eure Mauern gehn,
Du aber bist dem Tod geweiht!
(Sie kämpfen, gleichzeitig Kampf zwischen den Bürgern und Rittern, die ersteren werden zurückgedrängt.)

Gutenberg (getroffen).

Ich sterbe! (Fällt.)
(Neue Ritter kommen von rechts; das Haus Fausts stürzt zusammen.)

Ludwig.

Nun weiter... nach dem Markt... ein Kesseltreiben;
Die andern kommen schon vom Rhein herauf!
Das ist ein Jagdzug, der uns seltne Beute
Einbringt, wenn das Halali tönt!
(Ab mit Rittern nach rechts.)

Gutenberg.

Allein!
(Else aus dem Hause stürzend.)

Else.

Ich war bei dir! Mein Vater, großer Gott!
Ich sah den Kampf — o daß er so geendet!
O Hilfe, Rettung!

Gutenberg.

Laß — es ist zu spät.
O Else — deine linde Hand schließt mir
Das Auge zu — doch was ich schuf, es stirbt
In diesen Flammen.

Letzter Auftritt.

Pfister (in der Hand einen Setzkasten mit Lettern). Mendel (mit dem Winkelmaß). Berthold (mit Formen für den Typendruck). Keffer (aus dem Hintergrund langsam vorschleichend).

Gutenberg.

Meine Freunde!

Pfister.

O Gott — der arme Meister!

Else.
Vater!

Gutenberg.
Sorgt
Für diese hier!

Pfister.
Ich nehm' sie an als Kind.
Uns allen aber wird sie heilig sein,
Schutzengel deines Werkes!

Gutenberg.
Ihr Getreuen —
Mein Werk...

Pfister.
Der Sieger scheucht uns in die Fremde.
Ich zieh' nach Bamberg —

Mendel.
Und nach Straßburg ... ich.

Berthold.
Wir nach dem Osten!

Gutenberg.
O so streut der Sturm

Den Samen weit hinein ins deutsche Land.
Von dieser Brandstätt' steigt die Feuersäule;
Sie stirbt in Asche, doch ein Leuchten bleibt,
Das hell am Himmel steht und nie erlischt
Und das zum Stern wird allen künft'gen Tagen!
Das Siegel drück' ich sterbend auf mein Werk:
Es kämpfe so wie ich für Recht und Freiheit!
Mein Schwert zerbrach — doch sein's wird nie zer=
brechen!
(Sinkt zusammen, stirbt. Ferner Siegesmarsch.)

Berthold.
Das ist der Feinde Hohn!

Mendel.
Nein, nein, ich höre
Aus diesen Klängen den Triumph der Zukunft,
Die unsres großen Meisters Stirne kränzt!
Wir aber wollen stumm das Haupt verhüllen,
Den Toten ehren und sein Werk erfüllen!
(Sie knieen bei den Klängen des näherkommenden Siegesmarsches
nieder.)

Der Vorhang fällt.

———✳———

Nachwort.

Das Drama: „Gutenberg" ist an meinem siebenzigsten Geburtstag in Leipzig mit Erfolg gegeben worden; für die anderen deutschen Theater wird seine Stunde wohl dann geschlagen haben, wenn die Säkularfeier Gutenbergs im Jahre 1900 die Teilnahme des ganzen deutschen Volkes erwecken und gewiß auch von den Theatern nicht unbeachtet bleiben wird. Bis dahin mag sich die Dichtung an das Lesepublikum wenden. Abweichungen von den geschichtlichen Thatsachen waren dem Dichter wohl um so mehr gestattet, als auch die Ueberlieferung manches im Dunkel gelassen hat. Erwähnen will ich noch, daß das eine Motiv, das Ausstreuen der gedruckten Blätter in einer größeren Versammlung, aus der trefflichen Dichtung von Adolf Stern „Gutenberg" entlehnt, aber in einen gänzlich verschiedenen dramatischen Zusammenhang gebracht ist.

Leipzig, im Oktober 1897.

Rudolf von Gottschall.